Hobbit Presse
Klett-Cotta

MERVYN PEAKE

Der Junge im Dunkeln

Aus dem Englischen übersetzt von
Alexander Pechmann

Klett-Cotta

Hobbit Presse
www.hobbitpresse.de
Die Originalausgabe erschien unter dem Titel
›Boy in Darkness‹ in *Sometime, Never: Three Tales of Imagination* by William Golding, John Wyndham and Mervyn Peake, Eyre and Spottiswoode, London, 1956

Printed in Germany
Cover: Birgit Gitschier, Augsburg
Gesetzt von Dörlemann Satz, Lemförde
Gedruckt und gebunden von GGP Media GmbH, Pößneck
ISBN 978-3-608-96427-1

INHALTSVERZEICHNIS

Die Feierlichkeiten hatten für heute ein Ende gefunden. Der Junge war völlig erschöpft. Das Ritual rollte weiter wie ein gefühlloser Triumphwagen und das natürliche Alltagsleben wurde zerstoßen und zermalmt.

Dem Herrn eines vieltürmigen Reiches blieb nichts anderes übrig, als nach der Pfeife jener Beamten zu tanzen, deren Pflicht darin bestand, ihn zu beraten und anzuleiten. Ihn von hier nach dort durch die Labyrinthe seines schattenhaften Heims zu führen. Jeden Tag aufs Neue in weitläufigen Zeremonien etwas zu feiern, dessen Bedeutung seit Langem in Vergessenheit geraten war.

Der Meister des Rituals hatte ihm die traditionellen Geburtstagsgeschenke auf dem traditionellen goldenen Tablett dargeboten. Lange Reihen von Dienern waren knietief im Wasser an ihm vorbeigezogen, während er stundenlang am Ufer des von Stechmücken umschwärmten Sees saß. Die ganze Veranstaltung hätte die Geduld eines gleichmütigen Erwachsenen auf die Probe gestellt, für ein Kind war es die Hölle.

Dieser Tag, der Geburtstag des Jungen, war einer der beiden anstrengendsten Tage des ganzen Jahres. Am Vortag hatte er an einem langen Marsch teilgenommen, den steilen Abhang eines Berges hinauf zu einer Plantage, wo er pflichtgemäß die vierzehnte in einer Reihe von Eschen pflanzen musste, denn heute wurde er vierzehn. Es handelte sich nicht nur um eine Formalität, da ihm niemand bei der Arbeit half, während der er einen langen grauen Umhang und einen

Hut trug, der eher einer Narrenkappe glich. Auf dem Rückweg, den steilen Hang hinab, war er gestolpert und hingefallen, hatte sich das Knie angeschlagen und die Hand aufgerissen, sodass er, als er endlich wieder allein in seinem kleinen Zimmer mit Blick auf den rotgepflasterten Hof saß, nicht nur übellaunig, sondern regelrecht wütend war.

Nun aber, am Abend seines zweiten Tages, seines Geburtstages, dem Tag so vieler idiotischer Zeremonien, dass ihm der Kopf vor widersinnigen Eindrücken schier platzen wollte und sein Körper vor Müdigkeit schmerzte, legte er sich mit geschlossenen Augen auf sein Bett.

Nach kurzer Pause öffnete er ein Auge, da er ein Geräusch gehört hatte, wie von einer Motte, die gegen das Fenster flattert. Er konnte jedoch nichts sehen und wollte gerade die Augen wieder schließen, als sein Blick auf jenen ockergelben und vertrauten Schimmelfleck fiel, der sich wie eine Insel auf der Zimmerdecke abzeichnete.

Er hatte diese Schimmelinsel oftmals angestarrt, mit ihren großen und kleinen Buchten, ihren Schlupfwinkeln und der seltsamen Landenge, die den südlichen mit dem nördlichen Teil verband. Er hatte sich die spitz zulaufende Halbinsel eingeprägt, die in einer schmaler werdenden Kette kleiner Inseln endete, die ausgebleichten Perlen an einer Schnur glichen. Er kannte die Seen und Flüsse, und manches Mal waren seine Phantasieschiffe in gefährlichen Häfen vor Anker gegangen oder er hatte sie bei starker Brandung seewärts anlegen lassen, wo sie in seiner Einbildung schaukelten und neue Linien setzten zu anderen Ländern.

Doch heute war er zu gereizt, um Luftschlösser zu bauen, und er starrte lediglich eine Fliege an, die langsam über die Insel krabbelte.

»Könnte ein Forschungsreisender sein«, murmelte der Junge im Selbstgespräch, und dabei trat ihm der verhasste Umriss des Berges vor Augen und die vierzehn dummen Eschen und die abscheulichen Geschenke, die man ihm auf dem goldenen Tablett überreicht hatte, nur um sie Stunden später wieder in den Tresorräumen verschwinden zu lassen, und er sah hundert vertraute Gesichter, von welchen ein jedes ihn an eine rituelle Pflicht erinnerte, sodass er mit den Händen aufs Bett einschlug und schrie: »Nein! Nein! Nein!« Und er schluchzte, bis die Fliege die Schimmelinsel von Ost nach West überquert hatte und nun der Küste folgte, als verspürte sie nicht den geringsten Wunsch, sich aufs Deckenmeer hinauszuwagen.

Nur ein kleiner Teil seines Bewusstseins beschäftigte sich damit, die Fliege zu beobachten, doch dieser kleine Teil identifizierte sich mit dem Insekt, wobei dem Jungen eine vage Ahnung beschlich, dass *Erforschung* mehr war als nur ein Wort oder der Klang eines Worts, etwas Einzigartiges und Rebellisches. Und dann kam es, urplötzlich, das erste Aufflackern zwingenden Aufbegehrens, nicht gegen irgendeine bestimmte Person, sondern gegen den ewigen Kreislauf todlangweiliger Symbolhandlungen.

Er sehnte sich danach (das wurde ihm nun bewusst),

seine Wut in Taten umzumünzen, aus dem Gefängnis der Vorschriften zu entfliehen, sich zu bemühen, Freiheit zu erlangen, wenn nicht für immer, dann zumindest für einen Tag. Für einen Tag. Einen gewaltigen *Tag* der Rebellion.

Rebellion! Tatsächlich war es nichts Geringeres. Dachte er wirklich an solch einen radikalen Schritt? Hatte er die Eide vergessen, die er als Kind und bei tausend nachfolgenden Anlässen geschworen hatte? Die feierlichen Eide, die ihn mit Schnüren der Treue an sein Heim fesselten?

Und dann das Flüstern, das zwischen seine Schulterblätter hauchte, als drängte es ihn zur Flucht – das Flüstern, das immer lauter und dringlicher wurde. »Nur für kurze Zeit«, sagte es. »Schließlich bist du nur ein Junge. Hast du je Spaß?« Er warf sich im Bett herum und stieß einen lauten Schrei aus.

»Oh, verflucht sei das Schloss! Verflucht seien die Gesetze! Alles sei verflucht!« Er setzte sich kerzengerade an der Bettkante auf. Sein Herz pochte schnell und dumpf. Ein sanftes, goldenes Licht drang wie ein Dunstschleier durch sein Fenster, und durch den feinen Nebel konnte man eine Doppelreihe aus Fahnen erkennen, die zu seinen Ehren entlang der Dächer flatterten.

Er atmete tief durch und ließ seinen Blick langsam durchs Zimmer schweifen, bis er plötzlich von einem nahen Gesicht gebannt wurde. Es starrte ihn wütend an. Es war ein junges Gesicht, obwohl die Stirn Runzeln und tiefe Falten zeigte. An einer Schnur um den Hals hing ein Büschel Truthahnfedern.

Anhand dieser Federn erkannte er, dass er sein eigenes Bild betrachtete, und er wandte sich ab von dem Spiegel, während er die lächerliche, um seinen Hals hängende Trophäe herunterriss. Eigentlich sollte er die Federn die ganze Nacht tragen, um sie am nächsten Morgen dem Erbmeister der Federn zurückzugeben. Nun aber sprang er aus dem Bett, warf das vergammelte Relikt zu Boden und trampelte darauf herum.

Dann kochte die Wut erneut über! Der erregende Gedanke an Flucht kehrte wieder. Doch wohin fliehen? Und wann? *Wann* sollte es sein? »Na, jetzt! Jetzt! Jetzt!«, ertönte die Stimme. »Steh auf und hau ab. Worauf wartest du?«

Doch der Junge, der so verärgert war, dass er fortlaufen wollte, hatte noch eine andere Seite. Er konnte auch eiskalt sein, sodass sein Verstand sich weniger kindisch zeigte, auch wenn sein Körper zitterte und weinte. Ob er sich rasch und am helllichten Tag Freiheit verschaffen sollte oder während der langen Stunden der Dunkelheit, konnte er nicht leicht entscheiden. Zunächst schien es offensichtlich, besser auf den Sonnenuntergang zu warten und im Schutze der Nacht in die Festung vorzudringen, während das Herz des Schlosses in Tiefschlaf versank und im Efeu erstickte, wie unter einem bitteren Schleier. Durch die labyrinthischen, ihm so wohlbekannten Gassen zu schleichen und hinaus auf die zugigen Plätze unter den Sternen und weiter … immer weiter.

Doch trotz der offenkundigen und naheliegenden Vorteile einer nächtlichen Flucht drohte die schreckliche Gefahr, sich unwiderruflich zu verirren oder bösen Mächten in die Hände zu fallen.

Mit seinen vierzehn Jahren hatte er viele Gelegenheiten gehabt, seinen Mut in dem verschlungenen Schloss auf die Probe zu stellen, und manches Mal hatte er es mit der Angst zu tun bekommen, nicht nur wegen der Stille und den düsteren Schatten der Nacht, sondern weil er sich beobachtet fühlte, fast als würde das Schloss selbst oder der Geist des uralten Ortes sich bewegen, wenn er sich bewegte, und innehalten, wenn er stehenblieb; ewiglich an seinen Schulterblättern atmen und jedes seiner Manöver registrieren.

Wenn er an die Zeiten zurückdachte, als er sich verirrt hatte, konnte er nicht umhin festzustellen, dass es für ihn viel beängstigender wäre, allein in der Dunkelheit eines fremden Bezirks zu sein, eines Orts, fern vom Kern des Schlosses, wo er, obwohl er viele der Bewohner verabscheute, sich zumindest unter seinesgleichen befand. Denn etwas Verhasstes kann sich als notwendig erweisen, und man kann etwas hassen, das man auf seltsame Weise liebt. Und so flieht ein Kind zu dem, was es wiedererkennt, weil es ihm vertraut ist. Doch allein zu sein, in einem unbekannten Land, davor fürchtete er sich und danach sehnte er sich. Denn was ist eine Forschungsreise ohne Gefahr?

Aber nein. Er würde nicht im Dunkeln aufbrechen. Das wäre Wahnsinn. Er würde kurz vor dem Morgengrauen fortgehen, während die meisten Schlossbewohner noch schliefen, und er würde durchs Dämmerlicht laufen und ein Wettrennen mit der Sonne bestreiten –

er am Boden und die Sonne am Himmel – nur sie beide, allein.

Doch wie die kalte, schneckenfüßige Nacht durchstehen? Zu schlafen schien ihm unmöglich, obwohl er Schlaf nötig hatte. Er schlüpfte aus seinem Bett und eilte zum Fenster. Die Sonne stand schon tief über dem gezähnten Horizont, und alles verschwamm in einem blassen durchscheinenden Licht. Doch nicht lange. Das sanfte Landschaftsbild nahm plötzlich einen anderen Ausdruck an. Türme, die eben noch ätherisch ausgesehen hatten und fast in der goldenen Luft schwebten, ähnelten nun, nach dem Verschwinden der letzten Sonnenstrahlen, schwarzen und fauligen Zähnen.

Ein Schauder lief über das verdunkelte Gelände, und die erste der Nachteulen flog geräuschlos am Fenster vorbei. Tief unter ihm gellte eine Stimme. Es war zu weit entfernt, um die Worte entschlüsseln zu können, aber nicht zu weit, um den wütenden Unterton herauszuhören. Eine zweite Stimme widersprach. Titus lehnte sich über das Fensterbrett und blickte senkrecht nach unten. Die Streithähne waren so groß wie Sonnenblumenkerne. Eine Glocke begann zu läuten, dann noch eine und dann ein Glockenschwarm. Harte Glocken und sanfte; Glocken aus vielerlei Metallen und unterschiedlichen Alters; ängstliche Glocken und zornige Glocken; fröhliche Glocken und traurige; dumpfe Glocken und klare Glocken … die klanglosen und die widerhallenden, die freudigen und die kummervollen. Einige Augenblicke erfüllten sie gemeinsam die Luft; ein Murmeln; mit einem vielstimmigen Gebrüll, das sein Echo über die große Hülse des Schlosses legte wie ein metallenes Schultertuch. Dann wurde der Tumult nach und nach schwächer und zahllose Glocken verstummten, bis nichts übrig blieb als eine nervöse Stille, wonach, unendlich weit entfernt, eine schleppende und raue Stimme über die Dächer stolpernd näherkam und der Junge am Fenster den letzten dumpfen Ton zu Stille ersterben hörte.

Einen Moment lang war er in der vertrauten Pracht von alledem gefangen. Die Glocken wurden ihm nie langweilig. Dann, gerade als er sich vom Fenster abwenden wollte, ertönte ein Glockenschlag von solch einer Dringlichkeit, dass er darüber die Stirn runzelte, denn er konnte sich nicht vorstellen, was er bedeuten mochte. Darauf folgte ein zweiter Schlag und noch einer, und nach dem vierzehnten war klar, dass man ihm zu Ehren läutete. Er hatte eine Zeitlang seinen Rang vergessen, nur um mit einem Schlag daran erinnert zu werden. Er konnte seinem Geburtsrecht nicht entkommen. Man möchte meinen, eine solche Würdigung könnte einem Jungen nichts anderes als Vergnügen bereiten. Doch bei dem jungen Grafen war dem nicht so. Sein ganzes Leben wurde mit Zeremonien überschwemmt, und seine glücklichsten Augenblicke fand er, wenn er allein war.

Allein. Allein? Das bedeutete *fort*. Fort, aber wohin? Das konnte er sich beim besten Willen nicht vorstellen.

Jenseits des Fensters trug die Nacht die Bürde ihrer eigenen Dunkelheit, nur unterbrochen von den Lichtpünktchen, die entlang des Rückgrats desselben steilen Berges flackerten, den er erklommen und auf dessen Hang er die vierzehnte Esche gepflanzt hatte. Diese fernen Funken oder Feuer brannten nicht nur auf dem Berg, sondern entlang der Peripherie eines großen Kreises – und aus Gehorsam gegenüber den lockenden Freudenfeuern begannen sich in etlichen Höfen Menschen zu versammeln.

Denn heute war die Nacht des großen Grillfests, und nach kurzer Zeit bildeten sich lange Schlangen von Gefolgsleuten auf dem Weg zu dem einen oder anderen Abschnitt des Kreises. Das Schloss würde sich leeren, und Männer zu Pferde, Männer zu Fuß, Maultiere und Kutschen und alle Arten von Fahrzeugen würden ausschwärmen. Und eine vor Vorfreude von einem Bein auf das andere springende Schar kleiner Bengel würde schreien und raufen, ihre Schreie würden den Rufen der Stare ähneln.

Diese nun durch die Dunkelheit dringenden Schreie waren es, die jedweden ausgeklügelten Plan des Jungen und all seine Weisheit über den Haufen warfen. Sie waren schrill vor kindlicher Aufregung, und wie er so am Fenster stand, wusste er plötzlich und ohne bewusstes Nachdenken wirklich und wahrhaftig, dass er jetzt fliehen musste; jetzt, solange der ganze Trubel und das Gedränge anhielten. Jetzt, während das Ritual Glocken läutete und Freudenfeuer entfachte; jetzt, am Scheitelpunkt der Entscheidung.

Er war flink und musste es sein, denn der Weg, den er einschlug, war gefährlich. Es ging nicht bloß darum, irgendeine lange Treppe hinunterzulaufen. Nun musste er zugleich schneller und heimlicher vorgehen.

Viele Jahre lang hatte er aus reiner Neugier hier

und da seine Nase in die staubgefüllten Räume seines anscheinend endlos weiten Zuhauses gesteckt, bis er ein Dutzend Wege entdeckte, den Dachboden zu erreichen, ohne die Haupttreppen zu nutzen und ohne gesehen zu werden. Falls es für ihn je eine Gelegenheit gab, sein Wissen zu nutzen, war sie nun gekommen, so wandte er sich am T-förmigen Ende des vierzig Fuß langen Korridors, den er entlangrannte, weder nach rechts nach Norden, noch nach links zu den südlichen Treppen, die in sichelförmigen Kurven aus wurmstichigem Holz abwärts, abwärts, abwärts führten, sondern sprang stattdessen zu einem kleinen, scheibenlosen Fenster direkt über ihm, und indem er ein kurzes, stummelartiges Seilende packte, das am Fenstersockel hing, zog er sich hinauf und hindurch …

Vor ihm erstreckte sich eine lange Dachkammer, deren Stützbalken so niedrig waren, dass man nicht einmal gebückt weiterkommen konnte, geschweige denn aufrecht gehend. Das Einzige, was man tun konnte, war, sich flach hinzulegen und auf Knien und Ellbogen weiterzurobben. Dies mochte sich als recht anstrengend erweisen, denn der Dachboden war groß, doch der Junge hatte die Fortbewegungsart zu solch einer rhythmischen Fertigkeit perfektioniert, dass ein Zuschauer ihn mit einem mechanischen Spielzeug hätte verwechseln können.

Am hinteren Ende befand sich eine Falltür, die aufgeklappt den Blick auf einen tiefen Schacht freigab, unter dem eine ausgebreitete Decke, gleich einer riesigen blauen Hängematte, zu sehen war. Die Ecken waren mit Seilen an niedrigen Balken befestigt; die Unterseite der Decke schaukelte frei über dem Boden.

Binnen weniger Augenblicke war er durch die Falltür verschwunden und war wie ein Akrobat von der Decke zum Boden gesprungen. Dieses Zimmer musste einst gepflegt gewesen sein. Es gab Spuren verblasster Eleganz, doch der hohe, viereckige Raum machte nun einen verlassenen und tristen Eindruck.

Hätte das Fenster dieses Zimmers nicht weit offen in die Nacht geblickt, wäre es dem Jungen unmöglich gewesen, die Hand vor Augen zu sehen. Doch es bildete ein dunkelgraues Rechteck, das den Anschein erweckte, man habe es in die umgebende Schwärze des Zimmers eingefügt.

Er bewegte sich schnell zum Fenster, schwang sich über das Fensterbrett hinaus ins Freie und begann ein hundert Fuß langes, grobes graues Seil hinunterzuklettern.

Es dauerte scheinbar endlos, bis er ein anderes kleines Fenster in der gewaltigen Fläche der Mauer erreichte, und er wand sich durch diese ausgediente Öffnung und ließ das lange Seil ziellos baumeln.

Nun befand er sich auf einer Art Treppenabsatz, und kurz darauf stapfte er eine Vielzahl von Treppen hinab, bis er einen baufälligen Saal erreichte.

Bei der Ankunft des Jungen hörte man ein raues Trippeln, das an eine Schar kleiner Kreaturen denken ließ, die aufgeschreckt worden waren und sich in ihre Höhlen zurückzogen.

Der Fußboden des ehemaligen Saals war eigentlich kein Boden mehr im wörtlichen Sinne, denn die Dielen waren längst verrottet, und an ihrer Stelle wuchs üppiges Gras, und etliche Maulwurfshügel bedeckten die Fläche als handelte es sich um eine uralte Begräbnisstätte.

Unwillkürlich blieb er einige Augenblicke lang stehen und lauschte. Es war kein Ort, den man eilenden Fußes durchqueren konnte, denn Verfall und Stille erzeugen eine gewisse Erhabenheit, welche die Schritte verlangsamt.

Als er stehen blieb, herrschte völlige Stille, doch jetzt hörte er, wie aus einer anderen Welt, weit entfernte Kinderstimmen, so leise, dass er sie zunächst für das Geräusch eines Käfers hielt, der seine Beinchen zwirbelt.

Er wandte sich nach links, wo früher die Tür gewesen war, und am hinteren Ende des Korridors sah er das kleine Rechteck aus Licht, nicht größer als ein Fingernagel. Er begann diesen Korridor entlangzugehen, doch sein Auftreten wirkte nun anders. Seine Flucht hatte nichts Irrwitziges mehr an sich. Er bewegte sich behutsam.

Denn da gab es ein Licht am hinteren Ende des Ganges. Ein mattrotes Glühen, das an den Sonnenuntergang erinnerte. Was mochte es sein? Die Sonne war längst untergegangen.

Dann ertönten von Ferne erneut schrille Stimmen, diesmal lauter, auch wenn man kein einziges Wort verstehen konnte: Und da begriff er, was vorging.

Die Kinder des Schlosses liefen frei umher. Es war ihre Nacht der Nächte mit lodernden Fackeln. Ihre Stimmen wurden lauter, als der Junge weiter vordrang, bis er sie durch den Torbogen erblickte, und sie standen dicht an dicht, eine Armee wilder Kinder, sodass er sich mühelos unter ihre wimmelnden Scharen mischte. Die Fackeln loderten in die von Stimmen erfüllte Nacht, und das Licht der Fackeln schien auf ihre feuchten Stirnen und blitzte in ihren Augen. Und der Junge marschierte mit ihnen, bis er merkte, dass sie den Weg zum traditionellen Fackelberg einschlugen, worauf er allmählich zurückfiel und im richtigen Moment ausscherte, an einer Kreuzung, wo die Bäume dicht zwischen hohen Hügeln aus Mauerwerk wuchsen und er wieder allein war.

Inzwischen befand er sich mehrere Meilen entfernt vom Schloss und tief in nicht so leicht identifizierbarem Territorium; nicht so leicht identifizierbar, aber trotzdem wiedererkennbar, anhand der gelegentlichen Eigenart von Stein oder Metall. Ein aus einer Mauer herausragendes Gebilde, ein Zacken oder Vorsprung, der sich am Rand der Erinnerung erhob.

So ging der Junge immer weiter, erhaschte einen flüchtigen Blick nach dem anderen auf halberinnerte, halbvergessene Formen; doch diese Formen, die ihm aufgrund ihrer Eigenarten im Gedächtnis geblieben waren (ein Fleck auf dem Boden, der einer dreifingrigen Hand glich, oder die spiralenförmige Bewegung eines Zweiges über ihm) erschienen, während er weiterwanderte, in immer größeren Abständen, und schließlich blieb er eine Viertelstunde allein, ohne Wegmarke oder Zeichen, die ihm den Weg hätten weisen können.

Es schien, als hätten die Ausläufer seines Gedächtnisses ihn im Stich gelassen, und Angst stieg in ihm auf wie eine eiskalte Welle.

In der Dunkelheit wandte er sich mal in die eine, mal in die andere Richtung, warf das Licht seiner Fackel auf den endlosen Weg, um Spinnennetze hell zu erleuchten oder eine Eidechse auf ihrem Farnblattpodest zu blenden. Niemand sonst trieb sich hier herum, und das einzige Geräusch war das langsame Tropfen von Wasser und das gelegentliche Rascheln von Efeu.

Dann erinnerte er sich an sein Motiv, den Grund, warum er hier war: verirrt in einer Festung; er erinnerte sich an das endlose Ritual seines uralten Zuhauses, er erinnerte sich an seinen Zorn und wie er beschlossen hatte, den heiligen Gesetzen seiner Familie und seines Königreichs die Stirn zu bieten; und er stampfte mit dem Fuß auf den Boden. Denn trotz alledem fürchtete er sich vor dem, was er getan hatte, und fürchtete sich vor der Nacht, und er begann zu rennen, wobei seine Schritte laut auf den Steinen hallten, bis er ein großes Gebiet erreichte, wo nur wenige Bäume wuchsen, die ihre Äste ausstreckten, als wären sie wütend, und während er rannte, schlüpfte der Mond hinter den dicken Wolken hervor, und der Junge erblickte vor sich einen Fluss.

Ein Fluss! Welcher Fluss mochte das sein? Es gab tatsächlich einen Fluss, der sich um sein Zuhause wand, doch dies war etwas ganz anderes – ein breiter, träge fließender Wasserweg, ohne Bäume an den Ufern, eine nichtssagende, langsam fließende Fläche brackigen Wassers, auf der das gallige Mondlicht schimmerte.

Er war bei dem Anblick stehen geblieben, und wie er so dastand, spürte er hinter sich die Finsternis hereinbrechen, sodass er sich umdrehte und die Hunde sah.

Es schien, als hätten sich die Hunde aus dem Nichts zusammengeschart. Noch nie im Leben hatte der Junge so viele gesehen. Da hatte es natürlich die Aasfresser gegeben, die gelegentlich durch die Korridore seines Zuhauses gerannt waren, sich dicht an der Wand gehalten und die Zähne gebleckt hatten – der Schatten, das Aufjaulen, das Herumbalgen im Dunkeln – und dann wieder Stille. Doch das war etwas ganz anderes, da die Hunde ein Teil des Tags und der Nacht zu sein schienen, selbstsicher, ihre schmalen grauen Köpfe hocherhoben. Jagdhunde aus irgendeiner anderen Gegend – sie lebten in verlassenen Sälen und lagen eng beisammen, wie ein einziger Fleck aus Dunkelheit – oder sie bedeckten im Glanz der Mittagsstunde die Steinböden zerfallener Kreuzgänge so dicht wie Herbstblätter.

Sie bildeten einen Halbkreis und berührten ihn zwar nicht, schienen ihn aber dennoch nach Osten, zum Ufer des großen Flusses zu treiben.

Der Atem aus ihren Lungen war tief und wild, doch schien davon keine unmittelbare Drohung auszugehen. Die scharfzahnige Meute dieser Jagdhunde streifte den Jungen nicht im Geringsten, doch er sah sich trotzdem gezwungen, Zoll um Zoll weiterzugehen, bis er am Rand der großen Wasserstraße stand, wo ein flaches Skiff vertäut lag. Vom Atem der Tiere umgeben, stieg er hinab in das Skiff und löste mit zitternden Händen die Fangleine. Dann packte er eine Art Stakstange und stieß ab in den träge fließenden Strom. Doch er war den Hunden nicht entkommen, die ins Wasser sprangen und ihn derart umzingelten, dass eine große Flotte Hundeköpfe auf der im Mondlicht glänzenden Oberfläche auf und ab schaukelte, mit aufgerichteten Ohren und im Mondlicht schimmernden Fangzähnen. Ihre Augen waren indes wirklich abstoßend, denn sie zeigten ein so helles und beißendes Gelb, dass keine andere Farbe dagegen ankam, und wenn eine Farbe überhaupt eine moralische Qualität haben kann, war sie in diesem Fall abgrundtief böse.

Obwohl er Angst hatte und über seine seltsame missliche Lage verblüfft war, fühlte er sich trotz der Meute vor Schrecken weniger krank als wenn er ganz allein gewesen wäre. Die Hunde waren unwissentlich seine Gefährten. Im Unterschied zu Eisen und Stein waren sie lebendig und hatten wie er ein klopfendes Herz in der Brust, und er stieß erleichtert ein Dankgebet aus, während er die lange Stange in den Schlamm des Flussbetts rammte.

Doch er war todmüde, und seine Erschöpfung verband sich mit seiner nachlassenden Einsamkeit, bis er darüber fast eingeschlafen wäre. Er hielt jedoch seine Lider offen und erreichte nach einiger Zeit das andere Ufer, wo er aus dem Boot ins warme, vom Mond beschienene Wasser stieg, während die Jagdhunde wendeten und forttrieben wie ein dunkler Teppich.

Er war also wieder allein und hätte sich wohl erneut gefürchtet, wäre er nicht so müde gewesen. Nun aber kroch er eine niedrige Uferböschung hinauf, bis er trockenen Boden erreichte, wo er sich zusammenrollte und unversehens einschlief.

Er konnte kaum abschätzen, wie lang er geschlafen hatte, doch als er erwachte, war es helllichter Tag, und als er sich auf einem Arm aufrichtete, wusste er, alles war schlecht. Dies war nicht die Luft seines Heimatlandes. Diese Luft war fremd. Er sah sich um, und nichts kam ihm vertraut vor. Schon in der vorherigen Nacht war ihm klar gewesen, dass er sich verirrt hatte, doch nun kam ein ganz anderes Gefühl auf, denn es schien, als wäre er nicht nur weit weg von Zuhause, sondern als hätte die Luft zwischen ihm und der Sonne eine andere Beschaffenheit. Nicht dass etwas gefehlt hätte, was er sich aus ganzem Herzen zurückwünschte, vielmehr lag etwas vor ihm, das er nicht sehen wollte. Er hatte freilich keine Ahnung, worum es sich dabei handeln könnte. Er wusste nur, es würde anders sein. Die Sonne auf seinem Gesicht fühlte sich trocken und sehr heiß an. Seine Sehkraft schien besser als je zuvor, als wäre ein Schleier vor seinen Augen verschwunden, und ein unvergleichlicher Geruch begann sich bemerkbar zu machen.

Er war eigentlich nicht unangenehm. Tatsächlich verknüpfte sich ein lieblicher Hauch untrennbar mit der Bedrohung.

Der Junge kehrte dem breiten und dahindümpelnden Fluss den Rücken, ließ das Skiff im seichten Wasser zurück und ballte die Fäuste.

Dann begann er mit raschen, nervösen Schritten auf die niedrigen Berge zuzugehen, die am Horizont lagen, wo Mauern und Dächer sich unter Bäume und deren Äste mischten.

Beim Weitergehen gab es anfangs kaum erkennbare Anzeichen, dass er sich auf üblem Grund befand. Graugrüne Farbtupfer erschienen hier und da vor seinen Augen. Sie lagen dünn wie Schneckenschleim oder glitzerten gelegentlich auf einem Stein oder an einem Grashalm oder breiteten sich wie ein Erröten am Boden aus.

Ein graues Erröten allerdings. Ein feuchtes und schlüpfriges Ding, das sich hierhin und dorthin über den fremden Boden bewegte. Es leuchtete mit einem grässlichen Licht auf der dunklen Erde – und dann war es verschwunden und das Gegenteil nahm seinen Platz ein, denn das Erröten war nun das dunkle und gleitende Ding und das Gebiet ringsum glänzte wie die Haut eines Aussätzigen.

Der Junge wandte seinen Blick von etwas, das er nicht verstehen konnte, zum Fluss, um den Augen Ruhe zu gönnen, denn sogar der grässliche Wasserweg bot eine Art Trost, da er in der Vergangenheit lag, und die Vergangenheit kann nicht länger Schaden anrichten. Ihm hatte sie nichts angetan. Was die Hunde betraf, keiner hatte ihn verletzt, trotz des furchterregenden Keuchens aus ihren Lungen. Nur ihre Augen waren teuflisch gewesen.

Nun, da das Tageslicht zurückgekehrt war, gab es keine solche Farbe mehr. Die Sonne sorgte trotz all ihrer Kraft für jene Art Licht, welches jede Farbe aufsaugt. Wäre es vom Mond ausgegangen, es hätte im Einklang mit seinem unheilvollen Glanz gestanden, so aber wirkte es wie eine Umkehrung der Dinge, denn die Augen waren zitronengelb.

Doch als der Junge sich dem hinter ihm liegenden Wasserweg zuwandte, um dort vielleicht Trost zu finden, merkte er, wie sehr er sich verändert hatte. Was auch immer der Fluss in der vergangenen Nacht für ihn gewesen war, nun war er nicht mehr sein Freund. Das Wasser sah unter den Strahlen der Sonne aus wie graues Öl, das wogte als wäre ihm schrecklich übel. Der Junge drehte sich wieder um und lief eine kurze Strecke, als fliehe er vor einer schmutzigen Bestie.

Im Unterschied zu dem öligen Fluss wirkte der raue Umriss des bewaldeten Berges knusprig wie Brot, und ohne je wieder einen Blick zurückzuwerfen, ging er in diese Richtung.

Nun waren viele Stunden vergangen, seit er zuletzt etwas gegessen hatte, und sein Hunger wurde schier unerträglich. Der flache Boden war staubbedeckt.

Vielleicht war es dieser weiche, weiße Staub, der den Klang nahender Schritte tilgte, denn der Junge hegte nicht den geringsten Verdacht, dass sich ihm etwas näherte. Erst als ihn ein Hauch säuerlichen Atems traf, schreckte er auf, sprang zur Seite und stand dem Neuankömmling gegenüber.

Das Gesicht war anders als alles, was der Junge je gesehen hatte. Es war zu groß. Zu lang. Zu zottig. Viel zu wuchtig, um würdevoll zu sein, denn es gibt eine Art Missgestalt, die man lieber vor den Augen der Öffentlichkeit verbirgt.

Die Gestalt, die so aufrecht dastand (so sehr, dass sie sich ein wenig nach hinten zu lehnen schien, als würde sie zurückschrecken) trug einen dunklen und lächerlich weiten Anzug aus irgendeinem dicken Stoff. Die gestärkten, einstmals weißen Manschetten waren so lang und locker, dass sie die Hände vollständig bedeckten.

Sie trug keinen Hut, doch ihr Schädel wurde bedeckt von einem Schopf staubiger, kleiner, bis in den Nacken reichender Locken.

Die vorstehenden und knöchernen Schläfen schienen durch das perückenartige Haar zu stoßen. Die Augen waren grauenvoll ausgebleicht und glasig, mit Pupillen so klein, dass sie eigentlich unsichtbar blieben.

Auch wenn der Junge nicht alles mit einem Blick erfassen konnte, wusste er zumindest, dass er etwas gegenüberstand, das ihm zuhause nie begegnet wäre. Auf irgendeine Weise gehörte es einer anderen Art an. Doch was mochte es sein, das den Gentleman so anders aussehen ließ? Sein Haar war lockig und staubig. Dies wirkte ein wenig abstoßend, hatte aber nichts *Monströses* an sich. Der Kopf war lang und riesig. Aber warum sollte dies allein schon abstoßend oder unmöglich sein? Die Augen waren bleich und die Pupillen kaum sichtbar, aber was machte das schon? Die Pupille war da, wenn auch winzig, und offensichtlich gab es keinen Grund sie zu vergrößern.

Der Junge senkte den Blick für den Bruchteil einer Sekunde, denn einer der Füße hatte sich wie von selbst erhoben und kratzte schrecklich behutsam den Schenkel des anderen Beins.

Dem Jungen schauderte ein wenig, aber weshalb? Der Gentleman hatte nichts falsch gemacht.

Trotzdem war alles anders. Alles war verkehrt, und der Junge, dessen Herz dumpf und heftig pochte, beobachtete besorgt den Neuankömmling. In diesem Moment senkte sich der lange zottige Kopf und rollte ein wenig von einer Seite zur anderen.

»Was wollt Ihr?«, fragte der Junge. »Wer seid Ihr?«

Der Gentleman hörte auf, den Kopf zu schütteln, starrte den Jungen an und bleckte lächelnd die Zähne.

»Wer seid Ihr?«, wiederholte der Junge. »Wie heißt Ihr?«

Die Gestalt im schwarzen Rock lehnte sich an Ort und Stelle zurück, sodass sie etwas selbstherrlich wirkte. Doch das Lächeln zog sich immer noch über ihr Gesicht wie eine verblüffende Wunde.

»Ich bin Bock«, sagte er, und das Wort klang dumpf zwischen seinen glänzenden Zähnen. »Ich bin gekommen, dich zu begrüßen, Kind. Ja … ja … dich zu begrüßen …«

Der Mann, der sich Bock nannte, trat dann seitlich an den Jungen heran – ein grässlicher und verschlagener Schritt, der, als er das Ende seiner Reichweite erreicht hatte, einen hufartigen Schuh zu wedeln begann, welcher beim Abschütteln des weißen Staubs in der Mitte des Rahmens beinah zimperlich einen Spalt offenbarte. Der Junge wich unwillkürlich zurück, konnte aber nicht anders als die garstige Schuhspitze anzustarren. Dieser Spaltfuß war nicht von der Art, die ein vernünftiger Mann einem Fremden gern vorzeigen würde. Doch Bock tat nichts anderes als ihn hin und her zu wedeln, wobei er nur gelegentlich innehielt, um den aus dem Spalt zurück zum Boden rieselnden weichen Sand zu betrachten.

»Kind«, sagte er (immer noch den Sand wegschabend), »zucke nicht zurück vor mir. Soll ich dich tragen?«

»Nein!«, rief der Junge so rasch und laut, dass das Lächeln Bocks wie eine Lampe strahlte und erlosch.

»Na schön«, sagte Bock, »dann musst du gehen.«

»Wohin?«, fragte der Junge. »Ich glaube, ich möchte lieber nach Hause.«

»Genau dort gehst du hin, Kind«, sagte Bock, und dann, als hätte er sich alles noch einmal durch den Kopf gehen lassen, wiederholte er nachdenklich: »Genau dort gehst du hin.«

»Zum Schloss?«, fragte der Junge. »In mein Zimmer? Wo ich ausruhen kann?«

»Oh, nein, nicht dorthin«, sagte Bock. »Mit Schlössern hab ich nichts am Hut.«

»Wo ich ausruhen kann«, wiederholte der Junge, »und etwas zu essen bekomme. Ich bin sehr hungrig.« Und dann bekam er einen Wutanfall und schrie den schwarzgekleideten, langköpfigen Bock an: »Hungrig! Hungrig!«, und er stampfte mit dem Fuß auf den Boden.

»Es wird ein Festmahl für dich geben«, sagte Bock. »Es wird im Eisenraum stattfinden. Du bist der Erste.«

»Welcher erste?«, fragte der Junge.

»Der erste Besucher. Du bist der, auf den wir so

lange gewartet haben. Willst du meinen Bart streicheln?«

»Nein«, sagte Titus. »Haut ab.«

»Das sind aber grausame Worte«, sagte Bock. »Besonders, weil ich der Freundlichste von allen bin. Warte nur, bis du die anderen siehst. Du bist genau das, was sie brauchen.«

Dann begann Bock zu lachen, und seine großen, lockeren, weißen Manschetten flatterten hin und her, als er sich mit den Armen auf die Rippen klopfte.

»Hör mal«, sagte er, »wenn du mir was erzählst, erzähl ich dir was. Wie würde dir das gefallen?« Bock lehnte sich vor und betrachtete den Jungen mit seinen leer wirkenden Augen.

»Ich weiß nicht, was Ihr meint«, flüsterte der Junge, »aber wenn Ihr nichts zu essen für mich auftreibt, tu ich niemals etwas für Euch. Ich hasse Euch sogar noch mehr – und bring Euch um – ja, ich bring Euch um, vor lauter Hunger. Holt mir Brot! Holt mir Brot!«

»Brot ist nicht gut genug für dich«, sagte Bock. »Oh nein, mein Lieber. Was du brauchst, sind Dinge wie Feigen und Binsen.« Er beugte sich über den Jungen, und sein schwarzer, fettiger Rock roch schwach nach Ammoniak. »Und was du noch brauchst, ist …«

Er beendete seinen Satz nicht, da dem Jungen die Beine wegknickten und er ohnmächtig und leblos zu Boden plumpste.

Der lange, haarige Kiefer Bocks klappte auf wie der einer Aufziehpuppe, und er kniete nieder und schüttelte geistlos den Kopf, sodass der trockene, die Locken auf seinem Kopf bedeckende Staub aufstieg und forttrieb ins freudlose Sonnenlicht. Nachdem Bock eine Zeitlang gegafft hatte, stand er auf und schlich rund zwanzig bis dreißig Schritte fort, wobei er immer wieder einen Blick über die Schulter warf, um sicherzugehen, dass er sich nicht geirrt hatte. Aber nein. Da lag der Junge, wo er ihn zurückgelassen hatte, so reglos wie zuvor. Dann drehte Bock sich auf der Stelle um und schaute zum rauen Horizont, wo Bäume und Berge sich zu einer langen Kette verbanden. Und während er Ausschau hielt, sah er weit entfernt etwas, das nicht größer war als ein rennendes Insekt. Zuweilen schien es auf allen vieren zu laufen, dann aber fast aufrecht zu rennen, und Bock reagierte sofort.

Ein trüber Lichtschimmer, der sowohl Furcht als auch Rachedurst in sich trug, flackerte einen Moment lang über die Leere in Bocks Augen, und er begann am Boden zu scharren, wobei Fontänen weißen, körnigen Staubs aufgewirbelt wurden. Dann trabte er zurück zu dem Jungen, hob ihn so mühelos hoch, dass man auf eine furchteinflößende, unter dem lockeren, nach Ammoniak riechenden Rock verborgene Kraft schließen konnte, warf ihn wie einen Sack über die Schulter und begann dann mit einer Art linkischem Seitwärtsgang in Richtung Horizont zu eilen.

Und als er immer weiter über den weißen Staub rannte, murmelte er vor sich hin: »An erster Stelle ist unser oberster Herr vom weißen Haupt, Lamm, und da ist niemand außer Lamm, denn er ist das Herz des Lebens und der Liebe, und dies ist wahr, weil er es uns *sagt*. So rufe ich ihn als Erstes durch Dunkelheit. Um empfangen zu werden. Und vielleicht werde ich belohnt mit der sanften Lasterhaftigkeit seiner Stimme. Und dies ist wahr, weil er es mir *sagt*. Und es ist ein großes Geheimnis, und Hyäne darf nichts davon erfahren … Hyäne darf nichts erfahren … weil ich ihn ganz allein gefunden habe. So darf Hyäne weder mich noch das Geschöpf sehen … das hungrige Geschöpf … das Geschöpf, auf das wir so lange gewartet haben … Mein Geschenk an Lamm … Gebieter Lamm … Herr des Schneeweißen … Lamm, der Wahrhaftige.«

Seitwärts rennend ließ er weiterhin die Gedanken hervorsprudeln, so wie sie wirr am Rand seines armen, irregeleiteten Verstands auftauchten. Die Kraft seiner Beine schien nie zu erlahmen. Er keuchte nicht, noch schnappte er nach Luft. Er blieb nur einmal stehen, und dies, um sich am Kopf zu kratzen, tief unten, im Dickicht seiner staubigen, verlausten Locken, wo seine Stirn und sein Scheitel juckten, als stünde sein Schädel in Flammen. Dabei musste er den Jungen absetzen, und ungefähr an dieser Stelle sah man ein paar Grashalme durch den Staub dringen. Die bewaldeten Berge lagen inzwischen merklich näher, und während Bock sich am Kopf kratzte und dabei Staubwolken aufwirbelte, die anfingen, in der Luft zu schweben, tauchte das in der Ferne gesichtete Wesen erneut auf.

Doch Bock blickte gerade in die andere Richtung, und Hyäne, der von der einen oder anderen Schandtat zurücktrottete, erblickte plötzlich seinen Kollegen und erstarrte sogleich an Ort und Stelle wie ein Ding aus Metall, seine Tierohren scharf nach vorne gerichtet. Seine vorstehenden Augen konzentrierten sich auf

Bock und etwas anderes. Was war das für eine Gestalt, die zu Bocks Füßen im Staub lag?

Eine Zeitlang konnte er es trotz seiner genauen und umfassenden Sehkraft nicht erkennen – doch dann, als Bock sich dem Jungen zuwandte und dabei seine langen Manschetten noch weiter herabschüttelte, den Jungen mit dem Unterarm hochhob und schulterte, konnte Hyäne die Umrisse eines menschlichen Gesichts sehen, und als er es sah, begann er zu zittern, mit einer so ungeheuren Lebenskraft in den Adern, dass der ferne Bock sich umschaute, als spüre er einen Wetterwechsel oder als hätte der Himmel die Farbe gewechselt.

Da Bock zwar die Veränderung wahrnahm, aber nicht wusste, was er davon halten sollte, da nichts zu sehen oder zu hören war, begann er wieder zu rennen, wobei sein schwarzer, mantelartiger Rock hinter ihm her flatterte und der Junge über seiner Schulter lag.

Hyäne behielt ihn wachsam im Auge, denn Bock befand sich nun wenige Hundert Yards innerhalb der Peripherie der bewaldeten Berge. Sobald er die Schatten der Bäume erreichte, würde es nicht so einfach sein, einen Feind zu verfolgen, oder einen Freund zu finden. Doch Hyäne, der aufmerksam die von Bock eingeschlagene Richtung zur Kenntnis nahm, war sich eigentlich ziemlich sicher, welchen Weg und welches Ziel er hatte. Denn Hyäne wusste, Bock war ein Speichellecker und Kriecher, der es nie riskieren würde, den Zorn Lamms auf sich zu ziehen. Dorthin würde er gehen. Zum Herzen des Landes, wo in tiefer Stille die Lagerhäuser standen.

So wartete Hyäne kurze Zeit, und während er Ausschau hielt, ertönte ein Knochenknacken, denn Hyäne liebte Mark und hatte stets eine Anzahl Knochen in der Tasche. Seine Kiefer waren äußerst kräftig, und beim Zubeißen konnte man die Muskeln zwischen seinen Ohren und dem Kiefer arbeiten sehen. Und die Tatsache, dass Hyäne, im Unterschied zu Bock, etwas von einem Dandy hatte, der sich alle fünf bis sechs Stunden sorgfältig mit einem Halsabschneidermesser rasierte, ließ die Muskelbewegung noch deutlicher hervortreten. Denn die Borsten an seiner Backe waren hart, wuchsen schnell und mussten im Zaum gehalten werden. Seine langen Unterarme waren eine andere Sache. Dicht bewachsen mit geflecktem Fell konnte man durchaus stolz auf sie sein, weshalb Hyäne nie eine Jacke trug. Sein Hemd hatte sehr kurze Ärmel, sodass man seine langen, gefleckten Arme bestens bewundern konnte. Doch das bei weitem Eindrucksvollste an ihm war seine Mähne, die durch einen Schlitz im Hemd zwischen den Schulterblättern wogte. Seine in Hosen steckenden Beine waren sehr dünn und sehr kurz, weshalb sein Rücken eine überaus starke Neigung aufwies. Tatsächlich so stark, dass man oft sehen konnte, wie seine langen Vorderbeine den Boden berührten.

Er hatte etwas sehr Übles an sich. So wie bei Bock konnte man dieses Übel nicht leicht an einem bestimmten Merkmal festmachen, und war es noch so entsetzlich. Dennoch wirkte Hyäne irgendwie bedrohlich; eine Bedrohlichkeit, die sich von der unbestimmten Garstigkeit Bocks sehr unterschied. Nicht so ölig, nicht so dumm, nicht so schmutzig wie Bock, sondern blutrünstiger, grausamer und mit einem wilderen Temperament, und während Bock den Jungen mühelos geschultert hatte, besaß Hyäne eine ganz andere bestialische Kraft. Jenes saubere, weiße Hemd, vorn weit geöffnet, enthüllte ein schwarzes und felsartiges Hinterland.

Im Halbdunkel hüpfte an einer großen Goldkette ein glimmender Blutrubin.

Da stand er zur Mittagsstunde am Waldrand, den Blick fest auf Bock und den Jungen über dessen Schulter geheftet. Und wie er so dastand, neigte er den Kopf seitwärts und holte ein türknaufgroßes Knöchelbein aus der Hosentasche, schob das anscheinend widerspenstige Ding genüsslich zwischen die Eckzähne und knackte es wie eine Eierschale.

Dann zog er ein Paar gelbe Handschuhe an (Bock ließ er dabei keinen Moment aus den Augen), nahm seinen an den Ast eines nahen Baumes aufgehängten Spazierstock, drehte sich plötzlich um und tauchte ein in den Schatten der Waldbäume, die reglos wie eine unheilvolle Theaterkulisse dastanden.

Zwischen den Bäumen und kleinen Hügeln angekommen, steckte er den Spazierstock sicherheitshalber ins Haar seiner struppigen Mähne, ließ seine Vorderbeine zu Boden sinken und begann durchs Halbdunkel zu galoppieren, als wäre er ein Tier. Und während er rannte, begann er zu lachen, zunächst klagend, und dieser unglückselige Ton wich allmählich einer anderen Garstigkeit. Es gibt eine Art Lachen, welches die Seele krank macht. Außer Kontrolle geratenes Lachen, das kreischt und mit den Füßen stampft und in der nächsten Stadt die Glocken läuten lässt. Lachen in all seiner geistigen Leere und Grausamkeit. Lachen, das die Saat Satans in sich birgt. Es trampelt auf Schreinen herum; ist ein Brüller. Es brüllt, es schreit, es ist außer sich und doch kalt wie Eis. Ihm fehlt der Humor. Es ist bloßer Lärm und blanke Bösartigkeit, und so klang Hyänes Gelächter.

Hyäne hatte nämlich eine so rohe Lebenskraft in den Adern, eine so brutale Überschwänglichkeit, dass während seines Laufens über Farne und Gräser eine Art Pulsieren von ihm ausging. Etwas, das man in der tiefen Stille des Waldes fast hören konnte. Denn da gab es ein Gefühl von Stille, trotz des monströsen und idiotischen Lachens, eine Stille, tödlicher als jedes langanhaltende Schweigen, denn jeder neue Lachanfall glich einer Schnittwunde, jede Stille einem neuen Nichts.

Doch das Lachen ließ allmählich nach, bis Hyäne eine Lichtung zwischen den Bäumen erreichte, wo es keinerlei Geräusche gab. Er war sehr schnell vorangekommen und zeigte sich wenig überrascht, dass er Bock hinter sich gelassen hatte, denn er war sicher und lag dabei nicht falsch, dass Bock auf die Minen zulief. In der Gewissheit, nicht lange warten zu müssen, setzte Hyäne sich aufrecht auf einen Felsen und begann sein Gewand zurechtzuzupfen, wobei er hin und wieder einen Blick auf eine Lücke zwischen den Bäumen warf.

Da eine Weile lang nichts zum Vorschein kam, begann Hyäne seine langen, kräftigen und gefleckten Unterarme zu betrachten und schien mit dem Anblick zufrieden, denn Partien von Muskeln bewegten sich über seine rasierten Wangen und seine Mundwinkel hoben sich zu etwas, das entweder ein Lächeln oder ein Zähnefletschen sein mochte, und einen Moment später hörte man etwas durchs Geäst herankommen, und plötzlich stand da Bock.

Der Junge, immer noch ohnmächtig, hing schlaff über der schwarzgewandeten Schulter. Bock stand eine Zeitlang völlig reglos, nicht weil er Hyäne gesehen hatte, sondern weil diese Schneise oder Lichtung einer Station oder Landmarke auf seinem Weg glich, und er hielt unwillkürlich an, um zu rasten. Die Sonne schien auf seine knubbelige Stirn. Die langen schmutzigweißen Manschetten baumelten hin und her, radierten seine Hände aus, falls er welche hatte. Sein langer Gehrock, so schwarz in dem Halbdunkel, wies im Licht der Sonne einen grünlichen Farbton auf, der an Fäulnis gemahnte.

Hyäne, der reglos auf seinem Felsen gesessen hatte, erhob sich nun, und in jeder seiner Bewegungen schwang eine bestialische Kraft mit. Doch Bock hatte sich daran gemacht, den Jungen auf die andere Schulter zu heben, und Hyäne immer noch nicht entdeckt, als er ein Knacken gleich einem Gewehrschuss hörte, auf seinen gespaltenen Schuhen kehrtmachte und gleichzeitig seine kostbare Fracht fallenließ.

Er kannte dieses Geräusch, dieses schnalzende Knacken, diesen Knall, denn es gehörte mitsamt dem Krachen und Knirschen ebenso sehr zu Hyänes Dasein wie das Fell auf der Rückseite seiner gefleckten Unterarme.

»Größter Tölpel von allen!«, rief Hyäne. »Blödmann!

Flegel! Und abscheulicher Bock! Komm her, ehe ich dir eine neue Beule auf deiner schmutzigen Stirn verpasse! Und bring das Bündel gleich mit«, sagte er und deutete auf den Haufen am Waldboden. Er ahnte ebenso wenig wie Bock, dass der Junge sie mit halbgeschlossenen Augen beobachtete.

Bock schlurfte seitwärts und bleckte dann seine Zähne zu seinem albernsten wie berückendsten Lächeln.

»Hyäne, mein Lieber«, sagte er. »Wie gut du aussiehst! Wieder ganz der Alte, wenn ich mich nicht irre. Gesegnet seien deine langen Unterarme und deine herrliche Mähne.«

»Vergiss meine Unterarme, Bock! Bring mir das Bündel.«

»So sei es«, sagte Bock. »Sehr wohl und keine Frage.« Und Bock zog den Saum seines Gehrocks enger, als wäre ihm kalt, und schlich fort zu dem Jungen, der scheinbar reglos dalag.

»Ist er tot?«, fragte Hyäne. »Falls ja, brech ich dir das Bein. Er muss lebendig sein, wenn wir ihn dorthin bringen.«

»Wir bringen ihn dorthin? Hab ich richtig gehört?«, sagte Bock. »Bei der Herrlichkeit deiner Mähne, Hyäne, mein Lieber, du verachtest mich. *Ich* habe ihn gefunden. *Ich*, Steinbock, Bock … Entschuldige vielmals, aber ich bringe ihn allein hin.«

Da kochte das schändliche Blut in den Adern des Rohlings. Mit einem großen Sprung fiel die zähe Kreatur namens Hyäne über Bock her und drückte ihn zu Boden. Das Aufbäumen reiner, bösartiger, unbeherrschbarer Lebenskraft ließ seinen Körper zittern, als würde er gleich zerplatzen, während er gleichzeitig den wehrlosen, auf dem Rücken liegenden Bock festhielt (denn seine Hände packten das arme Geschöpf an den Schultern) und wild auf dem ganzen Leib seines Opfers herumtrampelte, wobei seine grausamen Hände an Ort und Stelle blieben.

Der Junge lag still und beobachtete die brutale Szene. Beim Zusehen zog sich ihm das Herz zusammen, und allenfalls wäre ihm nichts anderes übriggeblieben, als aufzustehen und fortzulaufen. Doch er wusste, gegen diese beiden hatte er keine Chance. Selbst wenn er stark und gesund gewesen wäre, hätte er nie dem Sprung Hyänes entkommen können, dessen Körper die üble Laune und Energie von Satan persönlich zu bergen schien.

Nun, da er allein, mit bleischweren Gliedern im weiten Raum einer fremden Welt lag, war schon der Gedanke an Flucht lächerlich.

Doch er hatte die Minuten nicht ganz ungenutzt verstreichen lassen. Aus den bruchstückhaften Sätzen hatte er erfahren, dass es da noch jemanden gab. Ein anderes Wesen – ein fadenscheiniges und undeutliches Wesen in der Vorstellung des Jungen, aber eines, das sich eine Art Macht anmaßte, nicht nur über Bock, sondern auch über Hyäne, den ungestümen – und vielleicht noch über andere.

Bock ergab sich Hyäne voll und ganz, trotz seiner Muskelkraft, denn er kannte das gefleckte Untier von früher und wusste, zu welchen Grausamkeiten es fähig war, sollte er den geringsten Widerstand leisten.

Hyäne sprang ohnehin fort von dem grün und blau geschlagenen Bock und zupfte die Falten seines weißen Hemds zurecht. Die Augen in seinem langen, schmalen Gesicht leuchteten abscheulich.

»Hat dein verfaulter Kadaver jetzt genug? Hä? Warum er sich mit dir abgibt, bleibt mir ein Rätsel.«

»Weil er blind ist«, flüsterte Bock. »Das solltest du wissen, Hyäne, mein Lieber. Du meine Güte, wie grob du bist.«

»Grob? Das war nichts! Also ...«

»Nein, nein, mein Lieber. Du musst es nicht aussprechen. Ich weiß, dass du stärker bist als ich. Ich kann also kaum etwas tun.«

»Du kannst nichts tun«, sagte Hyäne. »Sprich mir nach.«

»Wie?«, sagte Bock, der sich inzwischen aufgesetzt hatte. »Ich versteh dich nicht ganz, Hyäne, mein Lieber.«

»Wenn du mich noch einmal dein Lieber nennst, zieh ich dir das Fell über die Ohren«, sagte Hyäne und holte ein langes, schmales Messer hervor. Die Sonnenstrahlen tanzten darauf.

»Ja ... ja ... das kenn ich schon«, sagte Bock. »Darüber weiß ich alles. Schließlich hast du mich jahrelang gequält, nicht wahr?«, und er ließ sein albernes Lächeln aufblitzen, so dass seine Zähne Grabsteinen glichen. Nie zuvor hatte es einen so freudlosen Mund gegeben. Er wandte sich ab von Hyäne und ging erneut zu der Stelle, wo der Junge lautlos lag, doch ehe er das vorgeblich bewusstlose Bündel erreichte, drehte er sich um und rief: »Oh, aber das ist schändlich. Ich war's, der ihn gefunden hat – der ihn allein im weißen Staub fand, ich war's, der sich an ihn herangeschlichen und ihn übertölpelt hat. Das war alles mein Werk, und jetzt muss ich es teilen. Oh, Hyäne! Hyäne! Du bist brutaler als ich, und du musst deinen Willen durchsetzen.«

»Das werde ich. Keine Bange«, sagte Hyäne, knackte einen frischen Knochen zwischen den Zähnen und spuckte eine Wolke weißen Puders aus.

»Aber ich brauche den Ruhm«, sagte Bock. »Auf den Ruhm kommt es an.«

»Ah«, sagte Hyäne. »Du hast Glück, dass ich dich überhaupt mitkommen lasse – du Beulenkopf.«

Auf dieses Kompliment hin kratzte sich Bock lediglich, aber so heftig, dass Staub aus jedem Winkel seiner Anatomie aufstieg und er ein paar Augenblicke ganz in einer kleinen Säule aus weißem Staub verschwand. Dann richtete er seine hasserfüllten, fast pupillenlosen bleichen Augen auf seinen Gefährten und näherte sich daraufhin mit seinem unnachahmlichen Seitwärtsgang dem Gefangenen – doch bevor er ihn erreicht hatte, wirbelte Hyäne durch die Luft und saß bereits aufrecht neben dem Jungen.

»Du siehst meine Mähne, nicht wahr, Kakerlake?«

»Natürlich«, sagte Bock. »Sie müsste eingeölt werden.«

»Schweig!«, sagte Hyäne. »Tu, was ich dir befehle!«

»Was denn, Hyäne, mein Lieber?«

»Flechte meine Mähne!«

»Oh, nein!«, rief Bock. »Nicht jetzt …«

»Flechte meine Mähne!«

»Was dann, Hyäne?«

»Flechte daraus sechs Seile!«

»Zu welchem Zweck, mein Lieber?«

»Um ihn damit zu fesseln. Ich trage ihn auf meinem Rücken zu Lamm. Lamm wird das gefallen. Flechte also meine Mähne und binde ihn mit den Zöpfen fest. Dann kann ich rennen, du schlurfender Blödmann! Rennen, wie nur ich rennen kann. Ich kann rennen wie der Wind, wie der schwarze Wind aus den Wüsten. Ich bin der Schnellste der Welt. Schneller als mein schnellster Feind. Was meine Kraft angeht – die allerschönsten Löwen kotzen und kuschen. Wer sonst hat Arme wie ich? Sogar Lamm bewunderte sie vor langer Zeit … damals, als er mich sehen konnte. Oh, größter Tölpel von allen! Du machst mich krank. Flechte meine Mähne. Meine schwarze Mähne! Worauf wartest du?«

»Ich hab ihn ganz allein in der Staubwüste gefunden, und jetzt kommst du …«

Doch Bock wurde durch eine Bewegung im Augenwinkel unterbrochen, drehte seinen staubigen Kopf rasch zu dem Jungen und sah, wie er aufstand. Gleichzeitig hörte Hyäne auf, an einem Markknochen herumzukauen, und einen Moment standen die drei ganz still. Ringsum flatterten die Blätter der Bäume, aber ohne dabei ein Geräusch zu machen. Es gab keine Vögel. Da war anscheinend nichts Lebendiges. Sogar der Boden wirkte abgestorben. Keine Insekten wanderten von einem Grashalm zum anderen oder von Stein zu Stein. Die Sonne schien und verbreitete eine tote, öde Hitze.

Der Junge war zwar schwach und fürchtete sich,

hatte aber trotzdem dem Gespräch gelauscht, sich dabei den einen oder anderen Gedanken gemacht und brach nun das Schweigen mit seiner jugendlichen Stimme.

»Im Namen des blinden Lamm«, rief er, »seid beide gegrüßt.« Er wandte sich an Hyäne. »Mögen die Flecken auf Euren herrlichen Vorderarmen nie im peitschenden Winterregen verblassen oder schwarz werden in der Sommersonne.«

Er hielt inne. Sein Herz schlug heftig. Seine angespannten Glieder zitterten. Doch er spürte, wie die Stille ihrer Konzentration wuchs; so starr sahen sie ihn an.

Er wusste, er musste weiterreden.

»Und welch eine Mähne! Wie stolz und anmaßend sind ihre Haare! Mit welch einer schwarzen, sturmflutartigen Woge brechen sie durch Euer schneeweißes Hemd. Lasst sie niemals auf irgendeine Weise umgestalten oder verändern, diese Mähne des Zorns, die nur bei Mondlicht gekämmt werden darf, wenn die Eulen jagen. Oh, herrliches Geschöpf. Und welch ein Kiefer zum Knacken. Ihr müsst wirklich stolz sein auf die Kraft Eurer Sehnen und den Granit Eurer Zähne.«

Der Junge drehte sich um zu Bock und holte tief und schaudernd Luft. »Ah, Bock«, sagte er. »Wir haben uns schon einmal getroffen. Ich erinnere mich sehr gut an Euch. War es in dieser Welt oder der letzten? Ich erinnere mich an die Weite Eures Lächelns und die heitere Entrücktheit Eures Blicks. Aber was hatte es noch einmal mit Eurem Gang auf sich? Was war's? Er hatte etwas so Persönliches. Würdet Ihr für mich gehen, Mr. Bock? Seid so gut. Würdet Ihr bitte zum Baum und zurück gehen? Würdet Ihr? Damit ich mich erinnere?«

Einen Augenblick oder zwei war es mucksmäuschenstill. Bock und Hyäne wirkten, als hätten sie an Ort und Stelle Wurzeln geschlagen. Noch nie hatten sie solcher Eloquenz gelauscht. Noch nie waren sie so verblüfft gewesen. Das schwächliche Bündel, über dessen hingestreckten Leib sie gestritten hatten, stand nun zwischen ihnen.

Dann verdüsterte sich die Atmosphäre plötzlich, als man ein Heulen vernahm, doch nur einen Moment, denn danach verwandelte es sich in einen Schrei aus durchdringendem Gelächter – freudlos, bösartig. Der ganze riesige, muskulöse Körper schüttelte sich, als wollte er das Leben aus sich herausschütteln. Der Kopf Hyänes lag im Nacken, die Kehle gespannt von der Leidenschaft seines Aufschreis. Dann war alles vorbei. Das wilde Haupt sank auf die Höhe der weißgekleideten Schultern.

Hyäne wandte sich nicht an den Jungen, sondern an Bock.

»Tu, was man dir sagt«, rief er. »Frecher Staubbeutel, dummer und schmutziger Beulenkopf. Tu, was man dir sagt, ehe ich deinen Schädel zermalme.« Hyäne wandte sich an den Jungen. »Er ist beschränkt wie der Huf eines Gauls. Schau ihn dir an.«

»Welchen Baum meinst du?«, fragte Bock und kratzte sich.

»Den nächsten Baum, Mr. Bock. Wie mag Euer

Gang wohl aussehen? Ich kann mich nicht erinnern. Ah, das ist er, das ist er! Seitwärts wie ein Schiff in kabbeliger See. Seitwärts und hochkant mit rutschender Fracht. Ah, Mr. Bock, es ist sonderbar und unheimlich, wie Ihr übers Antlitz der Erde wandelt. Gewiss seid Ihr zwei Originale, und als solche preise ich Euch im Namen des blinden Lamm.«

»Der blinde Lamm«, wiederholte das Paar. »Heil dem blinden Lamm.«

»Und ebenso in seinem Namen«, sagte der Junge, »habt Mitleid mit meinem Hunger. Dass Ihr daran gedacht habt, Eure Mähne als Wiege für mich zu nutzen, zeugt von großer Originalität – doch diese Nähe wäre mein Tod. Euer Muskelspiel wäre zuviel für mich. Die herrliche Üppigkeit Eurer Mähne wäre zu stark. Der Schlag Eures Herzens würde mich zerschmettern. Mir fehlt die Kraft dafür. Ihr seid so gewaltig … so majestätisch. Baut für mich, geschickt wie Ihr seid, einen Stuhl aus Zweigen und tragt mich zusammen … tragt mich … wo … Oh, wohin werdet Ihr mich tragen?«

»Zweige? Zweige?«, johlte Hyäne, ohne die Frage zu beachten. »Worauf wartest du?«, und er versetzte Bock einen heftigen Hieb, worauf dieser begann, Zweige von den nahestehenden Bäumen abzubrechen und sie zusammenzuflechten. Das Abreißen der Äste von den Baumstämmen klang sowohl laut als auch grässlich in der stillen Luft. Der Junge saß ruhig da, beobachtete die düsteren Gestalten im Schatten der Bäume bei der Arbeit und fragte sich, wie und wo er sich ihrer Boshaftigkeit entziehen könnte. Es war klar, dass er verhungern würde, wenn er jetzt vor ihnen floh. Zu wem auch immer sie ihn bringen wollten, sie würden sicherlich zumindest Brot zum Essen und Wasser zum Trinken haben.

Hyäne kehrte zurück von den Bäumen. Er hatte den von ihm gemachten sattelartigen Stuhl fallengelassen und hatte es anscheinend sehr eilig, den Jungen zu erreichen. Als er ankam, schien er nicht in der Lage, sich verständlich zu machen, und obwohl seine Kiefer krampfartig mahlten, drangen keine Worte aus seinem hässlichen Mund. Schließlich platzten sie roh aus ihm heraus:

»Du!«, schrie er. »Was weißt du über Lamm? Den geheimen Lamm! Lamm, unseren Kaiser. Wie kannst du es wagen, über Lamm zu sprechen … den blinden Lamm, für den wir existieren. Wir sind die Einzigen, die noch übrig sind … von all den Kreaturen des Erdballs; von allen Insekten und allen Vögeln – von den Fischen des salzigen Ozeans und den Beutetieren. Denn Lamm hat ihr Wesen verändert, und sie sind gestorben. Doch wir haben überlebt. Wir wurden, was wir sind, durch die Macht Lamms und sein furchteinflößendes Talent. Wie hättest du von ihm hören können, du aus dem Land des weißen Staubs? Schau! Du bist nicht mehr als ein Jüngling. Wie hättest du von ihm hören können?«

»Oh, ich bin nur ein Produkt seiner Gedanken«, sagte der Junge. »Ich bin nicht wirklich hier. Nicht aus eigenem Recht. Ich bin hier, weil er mich schuf. Aber ich bin fortgegangen – fort von seinem großen Verstand. Er möchte mich nicht mehr besitzen. Bringt mich irgendwohin, wo ich essen und trinken kann, dann lasst mich wieder gehen.«

Inzwischen war Bock zurückgekehrt.

»Er hat Hunger«, sagte Bock, doch bei diesen Worten gefror das leere Lächeln in seinem Gesicht zu etwas, das von Schrecken kündete, denn aus weiter Ferne ertönte ein Geräusch – ein Geräusch, das aus unvorstellbaren Tiefen zu kommen schien. Es war ein dünner Ton, klar wie das Klingeln eines Eiszapfens. Schwach, fern und klar.

Hyäne reagierte darauf ebenso unverzüglich wie Bock. Seine spitzen Ohren drehten sich sofort nach vorne. Er streckte seinen Kopf hoch in die Luft – und die Farbe der jeden Morgen so sorgfältig rasierten Wange wechselte von geflecktem Purpur zu Leichenblässe.

Der Junge, der den Ruf ebenso gehört hatte wie die anderen, konnte sich nicht vorstellen, dass ein so lieblicher und fließender Ton eine solche Wirkung auf die beiden starren Geschöpfe an seiner Seite auszuüben vermochte.

»Was war das?«, fragte er schließlich. »Warum fürchtet ihr euch so sehr?«

Nach langem Schweigen antworteten ihm beide zugleich.

»Das war das *Blöken* unseres Gebieters.«

In weiter Ferne, jenseits dessen, was erforscht werden kann, in den atemlosen Wüsten, wo die Zeit immer weiter gleitet durch das Erbrechen des Tages und das Ersticken der Nacht, gab es ein Land, wo vollkommene Stille herrschte – eine Stille des Luftholens und nicht wieder Ausatmens – die Stille der Vorahnung und grässlichen Anspannung.

Und im Herzen dieses Landes oder Gebiets, wo keine Bäume wuchsen und keine Vögel zwitscherten, gab es eine Wüste aus grauem Raum, die ein metallisches Leuchten ausstrahlte.

Dieser weite Streifen Land senkte sich unmerklich aus allen vier Himmelsrichtungen, als würde er in ein Zentrum hineingezogen, und begann sich zunächst kaum erkennbar in hellen und leblosen Terrassen abzustufen, die, je tiefer der Boden sich senkte, steiler und breiter wurden, bis, gerade als der Fokus dieser Wildnis greifbar nahe schien, die Terrassen verschwanden und sich vor den Augen ein Feld aus kahlem Stein ausbreitete.

Wahllos über das Feld verteilt sah man etwas, was Schornsteinen und Schächten alter Metallgruben ähnelte, es gab Mineneingänge, und überall lagen Träger und Ketten herum. Und über alledem schien das Licht grauenvoll auf Metall und Stein.

Und während die hohnlachende Sonne ihre Strahlen ausschüttete und es keine andere Bewegung in dem ganzen, gewaltigen Amphitheater gab, regte sich etwas, etwas tief unter der Erde. Etwas Einsames und Lebendiges, etwas, das sich selbst sehr sanft zulächelte, als es auf einem Thron in einem von zahlreichen Kerzen beleuchteten Gewölbe saß.

Doch trotz der Leuchtkraft all dieser Kerzen herrschten im größten Teil des Gewölbes dunkle Schatten. Der Kontrast zwischen dem toten und glühenden Licht der Außenwelt mit seinem heißen, metallischen Glanz und dem Helldunkel dieser unterirdischen Halle wurde Bock und Hyäne stets aufs Neue bewusst, obwohl es ihnen an Empfindsamkeit mangelte.

Noch konnten sie, auch wenn ihrem Naturell der Sinn für Schönheit schmerzlich fehlte, diese besondere Kammer jemals betreten, ohne zu staunen und verblüfft zu sein. Da sie in dunklen und schmutzigen Zellen lebten und schliefen, wo ihnen nicht eine einzige Kerze gestattet wurde, hatten Hyäne und Bock vor langer Zeit einmal rebelliert. Sie hatten nicht einsehen wollen, warum sie, auch wenn sie weniger intelligent waren als ihr Gebieter, einen kleineren Anteil an den alltäglichen Bequemlichkeiten haben sollten. Doch das war sehr lange her, und sie hatten schon vor Jahren ihre niedere Herkunft akzeptiert und begriffen, dass es keinen größeren Lohn gab, als ihrem Herrn zu dienen und ihm zu gehorchen. Abgesehen davon, wie hätten sie ohne seinen Verstand überleben können? War es nicht wert, all die Strafen dieser unterirdischen Welt zu erdulden, um bei seltenen Anlässen mit dem Kaiser am Tisch sitzen zu dürfen, ihn beim Weintrinken zu beobachten und hin und wieder einen Knochen zum Knacken zu bekommen?

Obwohl all die brutale Kraft und Garstigkeit Hyänes ans Licht kam, wann immer er sich von seinem Herrn entfernte, wurde er in seiner Gegenwart schwach und unterwürfig. Und Bock, dessen Persönlichkeit von Hyäne dermaßen niedergedrückt wurde, wann immer sie sich an der Oberfläche begegneten, konnte unter den veränderten Bedingungen ein ganz anderes Wesen sein. Die weiße und wilde Grimasse, die Bock für ein Lächeln hielt, war ein mehr oder weniger dauerhaftes Merkmal in seinem langen, staubigen Gesicht. Sein Seitwärtsgang wirkte beinah aggressiv, denn nun kombinierte er ihn mit einer Art Stolzieren, und er ließ seine Arme freier schlenkern, da er den Eindruck hatte, dass man vornehmer wirkt, je mehr man seine Manschetten zur Schau stellt.

Doch diese Munterkeit war stets von kurzer Dauer, da im Hintergrund von allem die Präsenz ihres blendenden Herrn lauerte.

Weiß. Weiß wie die Gischt, wenn der Vollmond aufs Meer scheint; weiß wie das Weiß im Auge eines Kindes oder die Stirn eines Toten; weiß wie ein Gespenst, in Leintuch gehüllt; weiß wie *Wolle*. Helle Wolle … weiße Wolle … in einer halben Million Locken … engelsgleich in ihrer Reinheit und Weichheit … das Gewand Lamms.

Und ringsum schwamm die Dunkelheit, die mit dem flackernden Licht der Kerzenflammen wechselte.

Denn es war ein großes Gewölbe von erhabenen Ausmaßen: ein Ort, gähnend vor Stille, sodass das Zucken der kleinen Flammen fast wie Stimmen klang. Doch da gab es keine Tiere oder Insekten oder Vögel oder auch nur Pflanzen, die ein Geräusch hätten machen können, nichts, außer dem Herrn der Minen, dem

Herrn der stillgelegten Galerien und einer Region, tief im Kern des Metalls. Er machte kein Geräusch. Er saß sehr sanft und geduldig auf einem Hochsitz. Direkt vor ihm stand ein Tisch, bedeckt mit einem kunstvoll gestickten Tischtuch. Der Teppich unter dem Tisch war dick und weich und gefärbt mit einem sehr dunklen Blutrot. Hier, verloren in der unterirdischen Düsternis, wurde der Farbmangel der oberen Welt zu etwas verwandelt, das nicht allein Farblosigkeit, sondern mehr als nur Farbe war; es war, wegen der Kerzen und Lampen, eine Art lebendiger Schmutzfleck, fast als ob die beleuchteten Dinge brannten – oder als ob sie das Licht eher abstrahlten als absorbierten.

Doch die Farben schienen keine Wirkung auf Lamm auszuüben, dessen Wolle nur sich selbst reflektierte, und dieser Effekt betraf ganz besonders die Augen. Die Pupillen wurden von einer mattblauen Membran verschleiert. Dieses Blau hatte trotz seines matten Farbtons eine unangemessene Wirkung, da die umgebenden Merkmale so engelhaft weiß waren. In diesem vorzüglichen Kopf glichen die Augen zwei Münzen.

Lamm saß sehr aufrecht, seine weißen Hände lagen gefaltet im Schoß. Sie waren gepflegt wie die Hände eines Kindes, denn sie waren nicht nur winzig, sondern auch pummelig.

Man konnte kaum glauben, welch ein urzeitliches Alter unter dem Flaum dieser weißen Hände verborgen lag. Da waren sie, ineinander verschränkt, als liebten sie sich; weder packten sie einander zu leidenschaftlich, denn sie waren wie geschaffen, um verletzt zu werden, noch berührten sie einander zu sachte, aus Furcht den lieblichen Griff zu verlieren.

Lamms Brust glich einem kleinen Meer – einem kleinen Lockenmeer – aus Lockenbüscheln oder weichen, weißen Wipfeln von Pflanzen im Mondlicht; Pflanzen, weiß wie der Tod, wie gefroren aussehend, aber wollüstig weich anzufassen – und ebenso tödlich, denn tauchte man die Hand in dieses Brustfell, würde man nichts Greifbares finden, sondern nur die Locken Lamms – keine Rippen, keine Organe; nur die nachgiebige, entsetzliche Flauschigkeit endloser Wolle.

Und da gab es kein Herz, das man hätte finden oder hören können. Ein an die tödliche Brust gelegtes Ohr könnte nichts vernehmen außer einer großen Stille, einer Wildnis aus Nichts; einer unendlichen Leere. Und in der Stille trennten sich die Hände für kurze Zeit, und dann berührten die Fingerspitzen einander, merkwürdig an einen Pfarrer erinnernd, doch nur einen Augenblick oder zwei, ehe sie wieder zueinander flüchteten, sodass ihre Handflächen sich mit einem Geräusch wie weit entferntes Luftschnappen wieder vereinten.

Dieser leise, eigentlich fast unhörbare Ton, war in der Stille, die Lamm umgab, dennoch laut genug, um ein Dutzend Echos auszulösen, die bis in die entlegendsten Winkel der verlassenen Galerien drangen, die Schlünde gewaltiger Schächte hinauf, und zwischen den großen Trägern und eisernen Wendeltreppen kreuz und quer hallten, um sich in kleinere Echos zu teilen, sodass das ganze unterirdische Königreich von unhörbaren Geräuschen erfüllt war wie die Luft von Staubkörnchen.

Es war ein einsamer Ort. Eine Leere. Es war, als hätte sich eine große Ebbe für immer von den Küsten zurückgezogen, wo einst zahllose Stimmen lärmten.

Vor langer Zeit waren die verlassenen Einöden von Hoffnung, Erregung und Mutmaßungen darüber, wie die Welt verändert werden sollte, erfüllt gewesen! Doch dies lag weit hinter dem Horizont. Nun war lediglich so etwas wie ein Schiffswrack übrig geblieben. Ein Wrack aus Metall. Es bildete Spiralen; es bildete große Bögen; es stapelte ein Deck auf das andere; es überragte riesige Quellen der Dunkelheit; es formte gewaltige Treppen, die von nirgendwo kamen und nirgendwohin führten: Es erstreckte sich immer weiter; Ketten vergessenen Metalls; moribund, erstarrt in tausend Posen der Sterblichkeit; ohne eine Ratte, eine Maus, eine Fledermaus, eine Spinne. Nur Lamm auf seinem Hochsitz thronend, mit einem unmerklichen Lächeln auf den Lippen; allein inmitten der Pracht seines Gewölbes, wo der rote Teppich aussah wie Blut und sich an den Wänden Bücher stapelten, immer höher … höher … ein Band auf dem anderen, bis die Schatten sie verschluckten.

Doch Lamm war nicht glücklich, denn in seinem Verstand herrschte zwar eisige Klarheit, doch in dem Loch, wo seine Seele hätte sein sollen, wimmelte es vor grässlichen Übeln. Sein Gedächtnis war nämlich sowohl scharf als auch geräumig, und er konnte sich nicht nur an eine Zeit erinnern, als seine schemenhafte Halle erfüllt war von Bittstellern jeglicher Form und Gestalt, in unterschiedlichen Phasen der Mutation und grässlichen Verwandlung, sondern auch an einzelne Personen, die sich durch die Jahrhunderte aufreihten, eine jede mit ihren ganz eigenen Gesten, Haltungen und Merkmalen; eine jede mit ihrem eigenen Knochenbau; eine jede mit ihrem Gewebe, ihrer Mähne oder ihren Borsten; die Gefleckten, Gestreiften, die Gescheckten oder die Neutralen. Er hatte sie alle gekannt. Er hatte sie willkürlich versammelt, denn in jenen goldenen Tagen wimmelte es auf der Welt von Kreaturen, und er musste nur mit seiner lieblichen Stimme rufen, und sie kamen herbeigelaufen und scharten sich um seinen Thron.

Doch mit diesen fernen blühenden Tagen war es aus und vorbei, denn allmählich kam einer nach dem anderen ums Leben, da die Experimente ohne Beispiel waren. Dass Lamm seinen diabolischen Zeitvertreib sogar dann noch fortsetzen konnte, nachdem sein Erblinden die Welt in ewige Mitternacht getaucht hatte, bewies gründlich genug die unauslöschliche Kraft des Bösen in ihm. Nein, es lag nicht daran, dass die Linsen der Augen dick wurden und sich verschleierten – nichts dergleichen hatte den Tod von so vielen verschuldet – es kam daher, dass er sie gezwungen hatte, Tiere zu werden, während sie noch Menschen waren, und umgekehrt. Dies konnte er noch immer bewerkstelligen, denn er hatte die Macht, die Struktur eines Kopfes zu ertasten, zu verstehen und sofort das Tier zu benennen, den Prototyp, der sozusagen hinter oder in der menschlichen Gestalt schlummerte.

Denn da, wo Hyäne nun hervortrat, mit seinem schrägen Rücken und seinen Armen und seinen rasierten Wangen und seinem weißen Hemd und seinem grässlichen Lachen, gab es einst einen Mann, dessen Äußeres eine Ähnlichkeit mit dem Tier aufwies, das jetzt einen so großen Teil von ihm beherrschte.

Und im Herzen Bocks, der nun durch graues Unterholz schlich und mit jedem Schritt den entsetzlichen Minenschächten der Unterwelt näher kam, lebte einst ein Mensch.

Lamm gewann sein größtes Vergnügen aus Erniedrigung. Daraus seine ahnungslosen Opfer nacheinander mit einer subtilen Mischung aus Schrecken und schändlicher Schmeichelei zu bearbeiten und zu transformieren, bis sie ihren eigenen Willen verloren und sich nicht nur moralisch, sondern auch fühlbar aufzulösen begannen. An diesem Punkt angelangt, übte er einen teuflischen Druck auf sie aus, hatte er doch ihre unterschiedlichen Charakterzüge studiert (seine kleinen weißen Finger flatterten hier und da über das knochige Gesicht von so manchem zitternden Kopf), und begann ihnen einen Zustand aufzuzwingen, in dem sie sich danach sehnten, seine Wünsche zu erfüllen und so zu sein, wie es ihm gefiel. So wurde nach und nach Form und Charakter der Tiere, denen sie ein wenig ähnelten, stärker und es begannen sich kleine Merkmale zu entwickeln, wie ein Klang in der Stimme, den es nie zuvor gegeben hatte, oder ein Kopfschütteln wie das eines Hirsches oder ein Kopfnicken wie das einer Henne, die nach Futter sucht.

Doch Lamm konnte sie trotz seines regen Verstandes und seiner Raffinesse nicht am Leben halten. In den meisten Fällen machte dies keinen Unterschied. Unter seinen Tieren gab es jedoch einige, die sich unter seiner Ägide zu herrlich schwachsinnig geformten Kreaturen entwickelt hatten. Damit nicht genug, bereitete ihm ihr sonderbares Wechselspiel zwischen Tier und Mensch unablässig ein boshaftes Vergnügen, so wie ein Zwerg einem König Zerstreuung bietet. Doch nicht lange. Die Wunderlichsten starben als Erste, denn der ganze Verwandlungsprozess war dermaßen okkult, dass nicht einmal Lamm wusste, was sie umbrachte und was sie überleben ließ.

Niemand konnte sagen, warum irgendwo unter Lamms komplexer Verkleidung ein nicht nur zorniges, sondern sogar ätzendes Feuer brannte wie ein Geschwür, doch es ist wahr, dass sich beim bloßen Anblick eines menschlichen Wesens seine Hautfarbe veränderte. Demnach suchte er nicht nur nach Zerstreuung, wenn er eine Menschenseele in den Abgrund trieb und dort, zwischen den Masken der Welt, sein Gegenstück und Ebenbild fand, sondern er empfand auch Abscheu – einen tiefen und brennenden Hass auf alle Menschen.

Viel Zeit war vergangen seit dem letzten Todesfall, als ein Spinnenmensch um Hilfe geschrien, sich zusammengerollt hatte, vor den Augen von Bock und Lamm dahingewelkt und im Nu zu Staub zerfallen war. Für Lamm war er eine Art Gefährte gewesen, zu den seltenen Anlässen, wenn ihm der Sinn nach Gesellschaft stand. Denn Spinne hatte die Kraft seines Gehirns, eines vernetzten und zarten Organs, nicht verloren, und es gab Zeiten, da saßen Lamm und Spinne sich an einem Elfenbeintischchen gegenüber und lieferten sich lange intellektuelle Gefechte, die eine vage Ähnlichkeit mit Schach aufwiesen.

Doch dieses Geschöpf war gestorben, und vom einstigen Hof waren nur Hyäne und Bock übrig.

Nichts schien die beiden umzubringen. Sie lebten immer weiter. Lamm saß manchmal einfach da und starrte in ihre Richtung, und obwohl er nichts *sehen* konnte, konnte er alles hören. Sein Gehör und Geruchssinn waren so scharf, dass dieser weiße Alleinherrscher, als er mit seinen gefalteten Händen aufrecht dasaß, die beiden Kreaturen und den Jungen schon deutlich hören und riechen konnte, obwohl sie noch meilenweit entfernt waren.

Was aber war jener schwache und fremdartige Geruch, der zusammen mit den beißenderen Ausdünstungen Bocks und Hyänes zu den Minen vordrang? Zunächst rührte Lamm sich nicht, doch dann legte er seinen weißen Kopf nach hinten, während der Rest des Körpers reglos blieb. Die milchweißen Ohren richteten sich nach vorn aus und die empfindlichen Nüstern zitterten schnell wie die Zunge einer Natter oder die Flügel einer Biene, die über einer Blüte schwebt. Die Augen starrten blind in die Dunkelheit über ihnen. Ringsum, in den dunkelsten Bereichen oder dort, wo das Lampenlicht höhnisch auf die übereinandergeschichteten Buchrücken seiner Bibliothek schien, war etwas ganz anderes entfesselt worden; ein Gefühl von Wiederbelebung. Der unergründliche Lamm, der nie dafür bekannt war, seine Gefühle zu zeigen, hatte sich einen Augenblick lang von seinem eigenen Naturell verabschiedet, denn er hatte nicht nur seinen Kopf von den Schultern zurückgezogen und so seine starre Haltung betont, sondern zeigte ein deutlich sichtbares Zittern in seinem blinden Gesicht.

Denn der Geruch des näherkommenden Lebens wurde mit jedem Moment schärfer, obwohl das stolpernde Trio immer noch meilenweit von den unterirdischen Minen entfernt war.

Die drei, angeführt von Hyäne, hatten inzwischen eine ziemlich große Strecke zurückgelegt. Sie hatten die reglosen Wälder hinter sich gelassen und einen Gürtel aus verdorrten Büschen erreicht, durch den sie stapften. Inzwischen war die Hitze des Tages gewichen, und der Junge weinte vor Hunger.

»Was ist mit seinen Augen los, mein Lieber?«, sagte Bock und deutete mit etwas, das wie ein handloser Arm aussah, denn die langen, halbgestärkten und schmutzigen Manschetten reichten weit über Hände und Finger.

»Bleib einen Moment stehen, Hyäne, Schatz. Was er da macht erinnert mich an etwas.«

»Ach wirklich, tut es das, du Sohn eines grünen Gestanks? Und was wäre das? Hä?«

»Schau doch selber, mit deinem schönen, klugen Gesicht«, sagte Bock. »Siehst du, was ich meine? Dreh dich zu mir, Junge, damit deine Vorgesetzten den Anblick deines ganzen Gesichts genießen können. Siehst du, Hyäne, mein Lieber, hab ich's dir nicht gesagt? Seine Augen sind voll kleiner Glasscherben. Fühl mal, Hyäne, fühl mal! Sie sind feucht und warm und schau –

seine beiden Wangen sind ganz nass. Es erinnert mich an etwas. Was mag es sein …?«

»Wie soll ich das wissen?«, bellte Hyäne gereizt.

»Schau«, fuhr Bock fort, »ich kann seine Lider streicheln. Der Weiße Gebieter wird es lieben, ihn wieder in Ordnung zu bringen!«

Eine vage, unausgesprochene Furcht durchfuhr den Jungen, obwohl er nicht verstand, was Bock mit »wieder in Ordnung bringen« meinte. Ohne wirklich zu wissen, was er tat, schlug er Bock, doch da er so schwach und müde war, fiel der Hieb dermaßen jämmerlich aus, dass er zwar Bock an der Schulter traf, das Geschöpf aber nichts spürte und weiterredete.

»Hyäne, Lieber?«

»Was, du Hornkopf?«

»Kannst du dich noch weit genug …?«

»Weit genug *was?*«, knurrte Hyäne, wobei seine glatten Kiefer wie ein Uhrwerk mahlten.

»Weit genug *zurückerinnern*, mein Schatz«, flüsterte Bock und kratzte sich, sodass der Staub aus seinem Fell aufstieg wie Rauch aus einem Schornstein. »Weit genug zurückerinnern«, wiederholte er.

Hyäne schüttelte gereizt seine Mähne. »Weit genug zurückerinnern an *was* – du Beulenkopf?«

»An diese langen Jahreszeiten, diese Dekaden, diese Jahrhunderte. Erinnerst du dich nicht … bevor wir verändert wurden … als unsere Glieder nicht tierisch waren. So waren wir, nicht wahr, mein süßer Hyäne, so *waren* wir einst.«

»Wir waren *was?* Sprich lauter, du verdammter Bock, oder ich brech dich entzwei wie eine Rippe.«

»Wir waren einst anders. Du hattest keine Mähne auf deinem schiefen Rücken. Sie ist wunderschön, aber sie war nicht da. Und deine langen Unterarme.«

»Was ist mit ihnen?«

»Na, sie waren nicht immer gefleckt, oder, mein Lieber?«

Hyäne spuckte eine Wolke aus Knochenmehl zwischen seinen kraftvollen Zähnen hervor. Dann sprang er ohne Vorwarnung seinen Kollegen an.

»Schweig«, rief er mit einer Stimme, die jeden Moment in einen schrecklichen Klageruf umschlagen konnte, welcher wiederum das teuflische Gelächter des Wahnsinns hätte entfesseln können.

Hyäne hatte Bock zu Boden geschlagen und setzte ihm den Fuß auf die Brust. »Schweig«, rief er noch einmal. »Ich will mich nicht erinnern.«

»Ich auch nicht«, sagte Bock. »Aber ich erinnere mich an *Kleinigkeiten*. Sonderbare *Kleinigkeiten*. Bevor wir uns veränderten, weißt du.«

»Ich sagte, schweig!«, sprach Hyäne, doch diesmal wirkte der Klang seiner Stimme fast nachdenklich.

»Du quetschst mir die Rippen«, sagte Bock. »Hab Mitleid, mein Lieber. Du bist zu wild zu deinen Freunden. Ah … danke, Schatz. Du meine Güte, du hast einen herrlichen … Schau dir den Jungen an.«

»Hol ihn zurück«, sagte Hyäne, »und ich zieh ihm das Fell über die Ohren.«

»Er gehört unserem Weißen Gebieter«, sagte Bock. »Ich gebe ihm einen Klaps.«

Der Junge hatte sich wirklich davongemacht, aber

nur wenige Meter. Als Bock ihn berührte, fiel er auf die Knie wie ein gefällter junger Baum.

»Ich kann mich an ziemlich viel erinnern«, sagte Bock, der zu Hyäne zurückkehrte. »Ich erinnere mich, dass meine Stirn einst frei und glatt war.«

»Wen schert's«, schrie Hyäne, dessen Zorn erneut hochkochte. »Wer schert sich um deine verdammte Stirn?«

»Und ich kann dir noch etwas verraten«, sagte Bock.

»Was denn?«

»Über den Jungen.«

»Was ist mit ihm?«

»Er darf nicht sterben, bevor der Weiße Gebieter ihn gesehen hat. Schau ihn dir an, Hyäne. Nein! Nein! Ihn zu treten, hat keinen Zweck. Vielleicht stirbt er. Heb ihn hoch, Hyäne. Du bist der Edelmütige; du bist der Starke. Heb ihn hoch und galoppiere zu den Minen. Zu den Minen, mein Lieber, während ich vorauseile.«

»Weshalb?«

»Um ihm etwas zum Essen zu machen. Er braucht Brot und Wasser, nicht wahr?«

Hyäne warf Bock einen bösen Seitenblick zu, bevor er sich dem am Boden liegenden Jungen zuwandte, den er, fast ohne sich zu bücken, in seine gefleckten Arme nahm, als hätte er gar kein Gewicht.

So machten sie sich erneut auf den Weg. Bock versuchte voranzulaufen, hatte aber nicht mit den langen, weiten, sehnigen Sprüngen seines Rivalen gerechnet, dessen übergroßes weißes Hemd sich hinter ihm blähte. Manchmal schien der eine von ihnen zu erlahmen, manchmal der andere – doch meistens liefen sie nebeneinander.

Der Junge war viel zu erschöpft, um zu begreifen, was vorging. Er wusste nicht einmal, dass Hyäne ihn mit lang ausgestreckten Armen festhielt, fast so, als wäre er eine Opfergabe. Ein Vorteil dabei war, dass der Geruch des starken Tiermenschen bis zu einem gewissen Grad gemindert wurde, doch ist es fraglich, ob der Junge in seinem bewusstlosen Zustand die Verbesserung überhaupt würdigen konnte.

Sie rannten Meile um Meile. Das Meer aus Büschen, durch das sie auf den letzten paar Meilen gestapft waren, wich nun einer Art dicken, silbrigen Felsschicht, über die Bock und Hyäne liefen, als wären sie Teil einer uralten Legende; ihre langen, gedehnten Schatten tanzten neben ihnen, während die Sonne in einem Fleck aus farblosem Licht den Himmel hinabrutschte. Und dann, plötzlich, als die Dunkelheit zunahm, spürten sie die ersten Anzeichen abfallenden Bodens und merkten, dass sie die großen, in die Minen hinunterführenden Terrassen erreicht hatten. Und tatsächlich, da war sie, jene weitläufige Ansammlung alter und aufgegebener Schornsteine, deren Kanten im frühen Mondlicht schimmerten.

Beim Anblick der Schornsteine blieben Hyäne und Bock stehen. Warum, ist nicht schwer zu erraten, denn nun befanden sie sich so sehr in der Gegenwart Lamms, als würden sie vor ihm stehen. Von hier an wäre jedes noch so leise Geräusch laut in den Ohren ihres Gebieters.

Beide wussten das aus bitterer Erfahrung, denn in

den längst vergangenen Tagen hatten sie zusammen mit anderen Halbmenschen den Fehler gemacht, sich miteinander im Flüsterton zu unterhalten, ohne zu ahnen, dass der geringste Atemhauch in die großen Abzugrohre und Schornsteine gesaugt und weiter zu den zentralen Bereichen geleitet wurde, wo die Rohre sich drehten und wendeten, bis sie an dem Ort endeten, wo Lamm aufrecht saß, die Ohren gespitzt und die Nüstern geweitet vor Empfindungsvermögen.

Meister in der Kunst der Taubstummensprache wie auch im Lippenlesen, wählten sie Letztgenanntes, da die herabhängenden Manschetten Bocks seine Finger verbargen. So starrten sie einander an und formten ihre Worte totenstill mit den Lippen.

»Er weiß … wir … sind … hier … Hyäne … Lieber.«

»Inzwischen … kann … er … uns … riechen …«

»Und … der … Junge …«

»Freilich … freilich … Mir … dreht … sich … der … Magen … um …«

»Ich … gehe … voran … mit … dem … Jungen … und … mache … ihm … sein … Essen … und … sein … Bett.«

»Das … machst … du … nicht … du … Hornkopf … Überlass … ihn … mir … oder … ich … zermalme … dich.«

»Dann … geh … ich … allein …«

»Natürlich … du … Staubwedel …«

»Man … muss … ihn … heute … Abend … waschen … und … füttern … und … ihm … Wasser … geben. Du … musst … das … tun … da … du … darauf … bestehst. Ich … informiere … unseren Gebieter … Oh … meine grünen … Lenden … Meine … Lenden … Meine verängstigten … Lenden …«

Sie drehten sich um und gingen auseinander, ihre Lippen bewegten sich nicht mehr, doch als sie ihr Gespräch beendet hatten, pressten sie die Lippen zusammen, und in seinem Gemach hörte Weißes Lamm diesen Schlusston: ein Geräusch, wie von einer zu Boden fallenden Spinnwebe oder einer Maus, die auf Moos tritt.

Hyäne ging also allein, den Jungen vor sich her tragend, bis zum Fuß eines gewaltigen Schachts, der eher einer Schlucht als etwas absichtlich Gebautem glich. Und hier, am Rand dieser großen Quelle der Dunkelheit, kniete er nieder, klatschte in seine grässlichen Hände und flüsterte: »Weißer Gebieter der Mitternacht, heil!«

Diese fünf Worte fielen fast greifbar den Schlund des krautlosen, leblosen Schachts hinab und erreichten schließlich, mit abwärts hallenden Echos, den Umkreis der Wahrnehmung von Lamm.

»Ich bin's, Hyäne, mein Gebieter, Hyäne, den Ihr aus der oberen Leere gerettet habt. Hyäne, der zu Euch kam, Euch zu lieben und Euren Zwecken zu dienen. Heil!«

Dann ertönte eine Stimme aus der abgrundtiefen Finsternis. Sie klang wie ein klingelndes Glöckchen oder wie reine Unschuld oder das Krähen eines Babys … oder das Blöken eines Lamms.

»Du hast jemanden mitgebracht, nicht wahr?«

Das Stimmchen trillerte aus der Dunkelheit; es war nicht nötig, lauter zu sprechen. Wie eine Nadel, die durch verrotteten Stoff sticht, drang dieser liebliche Ton bis in die hintersten Winkel des unterirdischen Königreichs. Ein widerhallender Triller nach dem anderen erreichte die westlichen Kerker, wo zwischen den verbogenen Trägern aus rotem Rost die stillen Böden mit einem Meer purpurner Pilze genoppt waren, ebenso tot wie die Erde, aus der sie einst gesprossen waren. Man hätte nur mit dem Fuß aufstampfen müssen, um alle auf einmal in farblosen Staub zu verwandeln – kein Fuß, kein Windstoß, nichts, war seit hundert Jahren bis hierher gelangt.

Sie drang in jede Himmelsrichtung vor, die Stimme Lamms … und nun sprach sie erneut.

»Ich warte auf deine Antwort … und auf dich.«

Dann, mit einem Seufzer, der dem Klang einer Sichel glich: »Was hast du mir aus dem grässlichen Sonnenlicht mitgebracht? Was bringst du deinem Gebieter? Ich warte noch immer.«

»Wir haben einen Jungen.«

»Einen Jungen?«

»Einen Jungen – unberührt.«

Da herrschte ein langes Schweigen, während Hyäne etwas zu hören glaubte, was er nie zuvor gehört hatte: ein fernes Pulsieren.

Doch Lamms Stimme war so klar und lieblich und frisch wie eine Stromschnelle und völlig gefühllos.

»Wo ist Bock?«

»Bock«, sagte Hyäne, »hat alles getan, um mich aufzuhalten. Soll ich herunterkommen, mein Gebieter?«

»Ich habe doch eben gefragt ›*Wo* ist Bock?‹ Ob er dich aufhält oder nicht oder du ihn aufhältst, interessiert mich nicht. Momentan interessiert mich, wo er sich befindet. Halt! Hörst du ihn auf der südlichen Galerie?«

»Ja, Herr«, sagte Hyäne. Er schob Kopf und Schultern so weit über den Rand des Abgrunds, dass es jedem gefährlich erschienen wäre, der nicht wusste, wie gut Hyäne mit Höhen zurechtkam und wie rege er sich im Allgemeinen an dunklen und abschüssigen Orten bewegte.

»Ja, Herr. Bock steigt die eiserne Treppe hinab. Er möchte Brot und Wasser für den Jungen auftreiben. Das haarlose Ding ist in Ohnmacht gefallen. Ihr wollt ihn bestimmt nicht sehen, mein Weißer Gebieter, bevor er gewaschen und gefüttert wurde und sich ausgeruht hat. Ebensowenig wollt Ihr Bock sehen, diesen dummen Hohlkopf. Ich gestatte ihm nicht, Euch zu belästigen.«

»Du bist heute eigenartig freundlich«, ertönte die liebliche Stimme aus der Tiefe. »So wirst du sicherlich tun, was ich dir befehle; denn falls du dich weigerst, lasse ich deine schwarze Mähne wegbrennen. Komm also gleich mit deinem erschöpften Freund, und ich nehme ihn unter die Lupe. Ich kann ihn schon riechen, und ich muss sagen, er ist an diesem Ort wie ein Atemzug frischer Luft. Bist du auf dem Weg? Ich höre nichts.« Lamm hatte seine perlweißen Zähne gebleckt.

»Ich bin auf dem Weg ... Gebieter ... auf dem Weg ...«, rief Hyäne, vor Angst zitternd, denn Lamms Stimme glich einem Messer in einer Scheide aus Samt. »Ich bringe ihn Euch jetzt, auf dass er ewig Euch gehöre.« Und Hyäne, dessen Arme und Beine trotz seiner Kraft immer noch zitterten, begann mit dem Jungen über den Rand der Grube zu klettern, wo eine Kette matt im Mondlicht glänzte.

Um beim Hinunterklettern an der Eisenkette die Hände frei zu haben, hängte Hyäne sich den mitleiderregend stöhnenden Jungen über die Schulter.

Doch Hyäne scherte sich nicht im Geringsten darum, denn er hatte in Lamms Stimme einen veränderten Tonfall entdeckt. Er sprach immer noch sanft, so entsetzlich sanft wie zuvor, doch jetzt gab es einen Unterschied. Was genau bei Hyäne den Eindruck hinterlassen hatte, dass die Stimme anders klang, lässt sich unmöglich sagen, denn Hyäne konnte den Unterschied nur *fühlen*, und er fühlte sich an wie eine verborgene Leidenschaft.

Hierfür gab es freilich sehr gute Gründe! Jedes Geschöpf von geringerem Format als Lamm wäre inzwischen nicht mehr dazu in der Lage gewesen, seine fürchterliche Erregung im Zaum zu halten.

Denn es waren zehn Jahre oder mehr vergangen, seit der letzte Besucher sich zu ihm an seinen Tisch gesetzt hatte – sich gesetzt und die verschleierten Augen Lamms erblickt hatte, wobei ihm gleichzeitig bewusst wurde, dass sein Gastgeber ihm die Seele aussaugte. Er war gestorben wie die anderen, während das Gehirn sich zu schnell vom Körper löste oder der Körper wie ein Frosch auf der Suche nach dem Gehirn umherhüpfte, so dass die Leiber der Gäste zerbrachen und wie die Maschinen in den Minen der Stille und Leere des Todes anheimfielen.

Weshalb die letzten beiden Handlanger überlebt

hatten, wusste nicht einmal Lamm. Etwas in ihren Wesen oder Organen verlieh Bock und Hyäne eine Art körperlicher Immunität – etwas, das möglicherweise mit der allgemeinen Grobheit ihrer Seelen und ihres Gewebes zu tun hatte. Sie hatten hundert starke Tiere überlebt, deren Metamorphosen sie bald von innen zerstörten. Löwe war nur eine Generation zuvor als lächerlicher Schatten seiner einstigen Macht zusammengebrochen und hatte dabei seinen großen Kopf geneigt, während aus den Bernsteinaugen Tränen über die goldenen Backenknochen gelaufen waren. Der Sturz war tief und entsetzlich, aber dennoch barmherzig gewesen, denn unter der makabren Ägide des überwältigenden Lamm war der einstige König der Tiere erniedrigt worden, und es gibt nichts Abscheulicheres als dieser großen, goldenen Katze tropfenweise das Herzblut zu rauben.

Als Löwe mit einem Brüllen zusammengebrochen war, hatte er anscheinend die Nacht herabgezogen wie einen Vorhang, und nachdem man die Laternen wieder angezündet hatte, waren da nur noch ein Mantel, eine Brustplatte und ein Dolch gewesen, von Sternen funkelnd, und, wie eine Aura fortschwebend in die unbeschreibliche Finsternis der Westlichen Gewölbe, die Mähne des großen Tiermenschen.

Und dann hatte es noch den zarten und behenden Mann gegeben, über dessen Gesicht Lamm mit dem Finger strich, um trotz seiner Blindheit mittels Berührung und anhand eines Bebens in der Luft herauszufinden, dass er eine perfekte Gazelle abgab. Diese war jedoch hundert Jahre später gestorben, mitten in einem herrlichen Sprung, und ihre Augen hatten den Glanz verloren, als sie herabfiel …

Und dann hatte es noch die Gottesanbeterin, das Schwein und die Hunde gegeben; das Krokodil, den Raben und den unbeherrschten Fisch, der wie ein Hänfling zwitscherte. Doch sie waren alle in dem einen oder anderen Stadium ihrer Verwandlung gestorben, da irgendeine Zutat gefehlt hatte, etwas Lebensnotwendiges, das Hyäne und Bock aus unerfindlichen Gründen besaßen.

Lamm ärgerte sich maßlos darüber, dass von all den unterschiedlichen Kreaturen, die er mit seinen winzigen, schneeweißen Händen berührt hatte, Geschöpfe jeder Form, Größe und Geisteskraft, ausgerechnet ein Paar Halbidioten übrig geblieben waren, ihm Gesellschaft zu leisten – Hyäne, feige und brutal, sowie Bock, der Speichellecker.

Es gab eine Zeit, als sein geheimes Gewölbe mit seinen kostbaren Teppichen, goldenen Kerzenständern, in Jadebechern brennendem Weihrauch und seinen blutroten Baldachinen, die sachte im fernen Zug der Luftschächte schwankten – es gab eine Zeit, als dieses Gemach von seinen Hierophanten bevölkert war, die, überwältigt vom Anblick dieses Ortes, einander über die Schultern (pelzige Schultern, borstige Schultern, lederne Schultern, schuppige Schultern und gefiederte Schultern) geschaut und ihren Gebieter angestarrt hatten, während er, Lamm, sozusagen Schöpfer eines neuen Königreichs, einer neuen Spezies, auf seinem Thron mit hoher Lehne saß, die mattblaue Membran über seinen Augen, die Brust üppig gelockt mit unvergleichlich weicher Wolle, die Hände gefaltet, die Lippen mit zartester Malve leicht gefärbt und auf seinem Kopf, zu seltenen Anlässen, eine Krone aus dünnen, kunstvoll verwobenen Knochen, so weiß gebleicht, dass sie sogar seinem Wollgewand Paroli bot.

Die Krone bestand aus den dünnen Knochen eines Wiesels, und tatsächlich schien es, als wäre etwas von der quecksilbrigen und schrecklichen Lebhaftigkeit des Wiesels im Mark der Filigranarbeit erhalten geblieben, denn als Lamm in der teuflischen Hölle seines Herzens die grässliche Macht entdeckte, ein Opfer zu bannen, bis das Blut in den Adern des Geschöpfs sich nach der Auslöschung durch seinen Peiniger sehnte, während sein Herz gegen seinen Willen klopfte, glich die Krone dem hin- und herschaukelnden Wiesel mit seiner aufrechten Haltung und seinem Todeskuss auf die Kehle.

Und Bock ebenso wie Hyäne hatten es tatsächlich bei Lamm gesehen. Das hypnotische Schaukeln, die aufrechte Haltung. Alles außer dem Todeskuss. Alles außer dem Biss in die Kehle. Denn Weißes Lamm interessierte sich nicht für Leichen (obwohl sie mit ihren Knochen die Dunkelheit füllten), sondern nur für Spielsachen.

Und nun war ihm nichts geblieben außer Hyäne und Bock. Dennoch hielt er weiterhin Hof. Er war immer noch der Herr der Minen, auch wenn er die Krone schon sehr lange nicht mehr getragen hatte, da er nicht mehr auf neue Opfer hoffte.

In dieser unterirdischen Welt aus Stille und Tod hatte sich seit Jahren und Jahrzehnten nichts mehr geregt, nichts bewegt, nicht einmal der Staub; nichts außer hin und wieder die Stimmen von Bock oder Hyäne, wenn sie am Ende des Tages Bericht erstatteten und Lamm die Geschichte von ihrer Suche am jeweiligen Tag erzählten. Suche: fruchtlose Suche! Dies war die Bürde ihres Lebens. Dies war der Zweck ihres Daseins. Einen anderen Menschen zu finden, da Lamm es in den Fingern juckte, seine Gaben erneut unter Beweis zu stellen. Denn er glich einem gefesselten Pianisten, der vor seinem Klavier sitzt. Oder einem ausgehungerten Feinschmecker, dem die Hände gebunden sind, vor einem mit Delikatessen gedeckten Tisch.

Doch das alles war Vergangenheit, und Lamm, mit einer Stimme so geschmeidig und glatt wie Öl auf Wasser, ließ sich zwar nichts anmerken, wurde jedoch von einer heftigen Sorge verzehrt, deren Ausmaß ihm fürchterlich zusetzte.

Lamm hörte zwei Geräusche, eines kam aus dem gewaltigen Schornstein im Norden und das andere hatte eine gute Meile weiter östlich seinen Ursprung, war viel leiser, aber vollkommen deutlich … eine Art unterwürfiges Schlurfen.

Das erstgenannte Geräusch klang im Großen und Ganzen drohender und ertönte natürlich aus dem nahen Schacht, wo Hyäne in der Dunkelheit, den Jungen über die zottige Schulter geworfen, Glied um Glied an der Kette herabkletterte. Beim Klettern schickte er drei Töne voraus: das Knirschen und Dehnen der eisernen Kettenglieder, ein langsames Keuchen in der breiten Brust des Tiermenschen und das Zerkauen kleiner Knochen.

Lamm saß überaus aufrecht allein in seinem Gemach, während die Geräusche seiner Handlanger lauter wurden. Obwohl seine Augen verschleiert und blind waren, hatten seine Gesichtszüge etwas Wachsames. Der Kopf neigte sich nicht zur Seite; die Ohren waren nicht gespitzt; man konnte kein Zittern erkennen; keine Anspannung; dennoch hatte es nie zuvor eine wachsamere, abscheulichere, raubtierhaftere Kreatur gegeben. Kaltes Grauen kehrte zurück in das Gemach: das pulsierende Grauen der Willenskraft. Denn der Geruch in den Nüstern Lamms war inzwischen eindeutiger geworden. Das Geruchsfeld hatte sich eingeschränkt, und Lamm musste nicht länger Vermutungen darüber anstellen, was er bald mit seiner weichen weißen Hand berühren würde. Er würde nichts Geringeres anfassen als reines *Menschenfleisch.*

Noch konnte er keine Einzelheiten wie das Alter des Gefangenen bestimmen, denn ihn umfingen die Ausdünstungen des Eisens, die sich von der langen Kette ausbreiteten, und der Duft der Erde, durch die der Brunnenschacht gebohrt worden war, ganz zu schweigen vom unbeschreiblichen Gestank Hyänes – und hundert anderer Gerüche.

Doch mit jedem Yard, das Hyäne weiter hinabkletterte, trennten sich diese verschiedenen Gerüche, und dann kam der Augenblick, da Lamm mit absoluter Gewissheit wusste, dass sich ein Junge im Schacht befand.

Ein Junge im Schacht. Ein Junge aus dem anderen Reich … näherkommend … herabsteigend … Das allein genügte, um sogar die Eisenträger zu veranlassen, sich zu winden und roten Rost wie Sand zu verstreuen. Es genügte, um erregte Echos zu erzeugen – Echos ohne Ursprung. Echos, die wie Dämonen heulten; Echos, ungebunden wie Ohren im Schatten; bestürzte Echos; wahnhafte Echos; barbarische Echos; jubelnde Echos.

Denn die Welt hatte die Minen aufgegeben, und die Zeit hatte sie vergessen; doch hier war sie wieder, die Welt: die Erdkugel im Mikrokosmos. Ein Mensch … ein Junge … etwas zum Zerbrechen … oder zum Plattwalzen, wie ein Klumpen Lehm … um es dann neu zu formen.

Mittlerweile, während die Zeit verstrich und Hyäne und der Junge immer näher an das prächtige Gewölbe unter ihnen herankamen, wo Lamm reglos, bis auf das Zucken seiner geweiteten Nüstern, wie eine Marmorstatue saß – hatte Bock weiter westlich den weiten und leeren Boden der Minen erreicht und schlurfte in seinem grässlichen Seitwärtsgang weiter, wobei seine linke Schulter dem Rest seines Körpers den Weg wies. Und während er weiterschlich, murmelte er vor sich hin, denn er hatte großen Kummer. Welches Recht hatte Hyäne, den ganzen Ruhm einzustreichen? Warum durfte Hyäne den Jungen vorzeigen? Schließlich war *er* es gewesen, Bock, der den Menschen entdeckt hatte. Es war schrecklich unfair: Heißer Zorn brannte wie glühende Kohle unter seinen Rippen. Er schüttelte die Manschetten seiner Jacke und bleckte seine Grabsteinzähne zu etwas, was man für ein Grinsen oder eine drohende Grimasse halten konnte.

Tatsächlich zeigte es Frustration und Hass an, nagenden Hass, denn diese Gelegenheit würde nicht wiederkommen, eine Gelegenheit, so überaus wichtig für alle drei, dass es kein Wetteifern um Gunst hätte geben sollen.

Hätten sie nicht gemeinsam vor ihren Kaiser Lamm treten können? Hätten sie den Gefangenen nicht zusammen halten, jeder an einer Seite, sich verbeugen und ihn auf diese Weise gemeinsam darbieten können? Oh, es war so ungerecht, und Bock schlug sich auf die Flanken, und garstiger Schweiß rann an seinem langen Gesicht hinab durch die feuchten Borsten, aus denen seine gelben Augen wie blasse Münzen hervorleuchteten.

Das alles machte ihm so sehr zu schaffen, dass er unbewusst begann, den Jungen fast als Leidensgenossen anzusehen: als jemand der, weil er Hyäne hasste (und das war von Anfang an offensichtlich gewesen), automatisch und aus reiner Vergeltung ein Verbündeter geworden war.

Doch in seinem eingeschränkten Zustand konnte er nichts tun außer zum Gewölbe zu gehen, das nicht weit entfernt von seinem eigenen nasskalten Quartier lag, wo er – als verächtliche Geste oder Ohrfeige für Hyäne – sein *eigenes* Bett für den Jungen herrichten und seinen Hunger und Durst mit saurem Brot und Wasser stillen würde.

Es war klar, dass die Bedürfnisse des Jungen, Schlaf und Nahrung, wichtiger als alles andere waren, denn was nutzte es Lamm, das Ding, auf das er jahrelang gewartet hatte, ohnmächtig zu sehen?

Er würde sich eine wache und empfindungsfähige Beute wünschen, und Bock plante, Lamm diesen Aspekt persönlich zu verdeutlichen.

Deshalb war es für Bock überaus wichtig, schnellstmöglich zu Lamms prächtigem Gemach zu gelangen, und er begann schneller zu rennen, als er jemals zuvor gerannt war.

Ringsum, über ihm und manchmal unter ihm streckten die zerfallenen Bauten aus Eisen ihre wildwuchernden, unterirdischen Arme aus. Zu riesigen Schleifen verbogen, zu Wendeltreppen verdreht, die ins Nichts führten, entfalteten diese Relikte eines anderen Zeitalters ihre eisernen Träume, während Bock vorbeieilte und die Strecke mit fast übernatürlicher Geschwindigkeit zurücklegte.

Es war sehr dunkel, doch er kannte diesen Weg von früher und berührte beim Laufen nicht ein einziges Stückchen vom Schutt, der auf dem breiten Boden verstreut lag. Er kannte ihn wie ein Indianer den geheimen Pfad durch die Wälder, und wie der Indianer ahnte er nichts von der großen Festung an beiden Seiten.

Ab einer bestimmten Stelle senkte sich der Boden allmählich, und Bock, immer noch seitwärts rennend, als wären ihm alle Scharen der Hölle auf den Fersen, erreichte den Rand der zentralen Ruine, wo Weißes Lamm in seiner Gruft saß und wartete.

Selbst für Hyänes gewaltige Muskeln bedeutete solch eine Klettertour eine Herausforderung, doch nun befand er sich nicht mehr als ein Dutzend Fuß über dem unterirdischen Boden, wo jedes Geräusch verstärkt wurde und Echos von einer Wand zur anderen schlichen.

Der Junge war aus seiner Ohnmacht erwacht: Er hatte einen klaren Kopf, war jedoch hungriger denn je, und seine Glieder fühlten sich an wie Wasser.

Ein- oder zweimal hatte er sich ein wenig von den Schultern des Tiermenschen erhoben, war aber aus Kraftmangel wieder zurückgefallen, wobei die Mähne, auf die er fiel, ihm so grob und dick vorkam wie Unkraut, obwohl Hyäne sie ständig einölte.

Als dieser den Boden erreichte, wandte er sich sofort ab von der schaukelnden Kette und starrte auf die Außenmauer des Gewölbes. Hätte er den uralten Minenschacht hochgeblickt, hätte er in der Dunkelheit ein nadelstichgroßes, blutrotes Pünktchen gesehen, schließlich waren seine Augen so scharf wie die eines Adlers. Das blutrote Körnchen war alles, was man vom Sonnenuntergang sehen konnte. Hyäne interessierte sich jedoch nicht für den Anblick blutroter Pünktchen, sondern nur dafür, dass ihn nun noch hundert Fuß von Lamm trennten.

Er wusste, dass sein unergründlicher Gebieter sogar sein Atmen hören konnte, und er wollte gerade seinen ersten Schritt vorwärts tun, da hörte er linkerhand plötzlich ein Trampeln, und ein staubiges Geschöpf in einem schwarzen Gehrock kam zum Vorschein und wurde erst langsamer, als es nur noch ein Yard von seinem reizbaren Kollegen entfernt war. Es handelte sich natürlich um Bock, den staubköpfigen Bock, der zu Hyänes Verwunderung das Gesicht zu einem Grinsen verzog, einem echten Grinsen, das nicht bloß aus Zähneblecken bestand. Bald erfuhr er den Grund dafür, und wäre nicht jedes noch so leise Geräusch für Lamms Ohren laut gewesen, hätte Hyäne Bock zweifellos gnadenlos angefallen, wenn nicht gar getötet.

Bock hatte nämlich während des letzten Abschnitts seines einsamen Laufs über Galerien und Träger einen Geistesblitz gehabt, seinem Hass auf Hyäne entsprungen, der ihn so grob um die goldene Gelegenheit, Lamm eine Freude zu machen, betrog.

Hyäne wusste zwar nicht, was Bocks Grinsen bedeutete, ahnte aber, dass dabei, unabhängig von seiner Bedeutung, nichts Gutes herauskommen würde, und er zitterte vor unterdrückter Wut, während er seinen betrogenen Gegner mordlüstern anstarrte.

Hyäne hob den Jungen von seiner Schulter, ließ ihn zu Boden gleiten und benutzte die Taubstummensprache – denn das leiseste Flüstern hätte für Lamm wie das Knacken und Zischen eines Waldbrandes geklungen –, um Bock mit einer raschen Folge von Zeichen mitzuteilen, dass er ihn bei der nächstbesten Gelegenheit zerstückeln werde.

Bock, der jede Silbe einzeln mit seinen purpurnen Lippen bildete, riet seinem Feind daraufhin mit einem grässlichen Fluch, nichts dergleichen zu tun, wandte sich dann zu Hyänes Verwunderung ab, drehte sich zur Außenmauer des Gemachs und erhob seine mehlige Stimme.

»Herr und Gebieter, ewiglich glänzender Lamm«, sagte er. »Oh Grund unseres Lebens, Atmens und Daseins! Sonne unserer unterirdischen Finsternis, hört Euren Sklaven. Denn ich habe ihn gefunden!«

Da ertönte plötzlich ein Ruck wie beim Erhängen, als Hyäne sein langes, bösartiges Haupt hob, als hinge es an einem unsichtbaren Galgenseil. Ihm war das Blut zu Kopfe gestiegen, und seine Augen leuchteten rot.

Lamm gab keinen Laut von sich, also fuhr Bock fort.

»Ich fand ihn für Euch auf den staubigen Ebenen. Dort habe ich ihn unterworfen, auf die Knie gezwungen, seinen Dolch aus dem Gürtel gerissen; die Waffe weggeworfen, wonach sie im Staub versank wie ein Stein im Wasser; ich fesselte ihn und brachte ihn zum Mineneingang. Dort traf ich Hyäne, faulenzend in der Sonne. Hyäne, den muskulösen, den stinkenden …«

»Lügen! Lügen! Du kriecherischer Beulenkopf! Alles Lügen, mein Gebieter! Er hat nicht einmal …«

Da drang aus der Düsternis ein sanftes Blöken – ein Klang, lieblich wie der Monat April.

»Schweigt, Kinder. Wo ist der Menschenjunge?«

Gerade als Hyäne Lamm sagen wollte, dass der Junge zu seinen Füßen liege, kam Bock ihm mit seiner Antwort zuvor.

»Wir haben ihn, Sir, bäuchlings auf dem Erdboden. Ich schlage vor, ihn zu füttern, ihm Wasser zu geben und ihn schlafen zu lassen. Ich richte mein Bett für ihn her, falls Ihr zustimmt. Hyänes Liege ist verschmutzt mit dreckigen Borsten und Haaren von seinen gestreiften Armen und weiß vom Mehl der Knochen, die er zerkaut. An solch einem Platz könnte der Junge nicht schlafen. Hyäne hat auch kein Brot für ihn. Er ist so garstig, mein Gebieter: so unbeschreiblich gemein.«

Doch Bock hatte es zu weit getrieben und lag sogleich rücklings am Boden. Über ihm ragte die zitternde, fiebrige und muskulöse Dunkelheit Hyänes auf. Sein weitestmöglich geöffnetes Maul zeigte eine blutrote Welt hinter Mauern aus Zähnen – die gerade als sie mit einem Knall wie von einem Pistolenschuss zubeißen wollten, mitten in der Bewegung von der flötenartigen Stimme zu einem zitternden Stillstand gebracht wurden, denn Lamm rief …

»Bringt mir den Jüngling, damit ich seine Schläfe berühren kann. Ist er bewusstlos?«

Hyäne kniete nieder und starrte den Jungen an. Dann nickte er. Er hatte sich noch nicht von Bocks Machenschaften erholt, und auch seine Wut war noch nicht abgeklungen.

Der Junge, hellwach, spürte eine Art neu aufkommender Übelkeit und wusste intuitiv, dass er in diesem Augenblick vor allem so tun musste, als wäre er ohnmächtig oder tot, und als Bock sich über ihn beugte, um ihn zu untersuchen, hielt er zwanzig lange Sekunden den Atem an.

Bocks Nähe war schier unerträglich; doch schließlich erhob sich das Geschöpf und rief sanft in die Düsternis: »Bewusstlos, O Lamm, bewusstlos wie mein horniger Huf.«

»Dann bringt ihn zu mir, meine hübschen Streithähne, und vergesst euren kümmerlichen Zorn. Ich interessiere mich nicht für euch oder eure Geräusche, sondern für den Menschenjüngling. Ich bin sehr alt, und so vermag ich seine Jugend im Gegensatz zu meiner spüren; und ich bin sehr jung, sodass ich seine Verwandtschaft mit meiner Seele fühle. Bringt ihn jetzt zu mir, bevor ihr ihn wascht, ankleidet, ihm Nahrung gebt und ihn schlafen lässt. Bringt ihn zu mir, denn mein Finger juckt …«

Und dann kam aus Lamms Kehle plötzlich ein so schriller Ton, dass Hyäne oder Bock, hätten sie in seine Richtung geschaut, unmöglich hätten übersehen können, wie der Junge hochschreckte, als hätte ihn jemand mit einer Nadel gestochen. Der Schrei war so unerträglich schrill und kam so unerwartet, dass Bock und Hyäne sich, trotz ihres gegenseitigen Hasses, eng aneinander schmiegten. Während der langen Jahrzehnte hatten sie ihren Gebieter noch nie derart schreien gehört. Es schien, als wäre Lamm, trotz seiner Selbstbeherrschung, nicht in der Lage, den emotionalen Druck zu kontrollieren, der seinen milchweißen Leib füllte – und so zischte diese Klangfontäne durch die Dunkelheit.

Es dauerte lange, ehe die schrillen Echos verklangen und die gähnende Stille zurückkehrte.

Doch der Ton war nicht nur schrill und plötzlich erschallt: Er hatte noch eine andere Eigenschaft. Es lag nicht bloß an den Lungenflügeln oder Stimmbändern. Der Ton entsprang dem tiefsten Abgrund des Bösen – eine Speerspitze, eine Lanze, ein Vorbote höchster Lebensgefahr. Alles, was Lamm seit vielen Jahrhunderten verbarg, war durch die Dunkelheit geschrillt und ans Licht gekommen.

Doch äußerlich war Lamm unverändert und saß fast noch aufrechter als je zuvor, nur seine kleinen schneeweißen Hände hielt er nicht länger gefaltet. Er hatte sie in Höhe der Schultern ausgestreckt, wobei die Geste fast an einen Bittsteller gemahnte oder an eine Mutter, die ein unsichtbares Kind hält. Die leicht nach innen gekrümmten Zeigefinger schienen jedoch ein Zeichen zu geben.

Der Kopf beugte sich ein wenig auf den Schultern und sah aus, als würde er jeden Moment wie eine Kobra vorschnellen. Die verschleierten Augen schienen trotz deren mattblauer Undurchsichtigkeit durch die Membran sehen zu können. Hyäne und Bock traten vor, den Jungen an den Ellbogen stützend.

Schritt für Schritt näherten sie sich Lamm, bis sie zu der Mauer kamen, welche das innerste Gemach umgab, und als sie nur noch wenige Fuß von den schweren Vorhängen, die den Eingang bildeten, entfernt waren, hörten sie ein Blöken, so leise, so weit weg; es klang wie Unschuld oder ein Liebeslied von den Weiden des süßen April.

Diesen Ton kannten sie (Bock und Hyäne), und sie schauderten, denn er enthielt nicht mehr Liebe als die Zunge eines Vampirs.

»Sobald ich ihm mit dem Finger über die Stirn gestrichen habe«, sagte die sanfte Stimme, »über das Gesicht, bis zum Kinn, könnt ihr ihn mitnehmen, füttern und schlafen lassen. Ich rieche seine Erschöpfung. Sollte er einem von euch oder euch beiden in den Minen abhanden kommen«, fuhr die Stimme süß wie

Honig und leicht wie Vogelgezwitscher fort, »werdet ihr euch gegenseitig auffressen müssen.«

Hyäne wurde unter seiner Mähne so weiß wie die Knochen, die er zerkaute, und Bock drehte sich plötzlich der Magen um.

»Tretet ein, meine Lieben, und bringt euren Schatz herein.«

»Ich komme, Gebieter«, rief Hyänes raue Stimme. »Ich komme, o mein Kaiser!«

»Ich habe ihn für Euch gefunden«, wiederholte Bock, um nicht übertrumpft zu werden; und als sie sich durch die Vorhänge zwängten, konnte der Junge der Versuchung nicht widerstehen, öffnete ein ganz kleines bisschen die Lider und starrte durch seine Wimpern. Nur einen Moment, dann schloss er die Augen wieder, doch in dieser kurzen Zeit hatte er gesehen, dass das Gemach des Weißen Lamm von zahlreichen Kerzen erhellt wurde.

»Warum lässt ihr mich warten, Gentlemen?« Die unnatürlich lieblichen Klänge schwebten von oben herab, denn der Thron, auf dem Lamm saß, war groß, mit Schnitzereien verziert und sehr viel höher als üblich. »Muss ich euch erst befehlen, euch auf den Rücken zu legen und zu leiden? Also nun … also nun, wo ist er …? Bringt mir den Sterblichen.«

In diesem Augenblick durchlitt der Junge die dunkelsten aller Höllenqualen: Der andauernde körperliche Schmerz, so stark er auch war, war vergessen und irgendwie beiseitegeschoben, denn ihn erfüllte ein körperloser Schmerz, eine so durchdringende, so entsetzliche Übelkeit, dass er die Gelegenheit zu sterben ergriffen hätte, hätte man sie ihm angeboten. Kein normales Gefühl konnte einen Weg durch diese überwältigende seelische Übelkeit finden, die ihn ausfüllte.

Er näherte sich immer mehr einer eiskalten Aura, die um Lamms Gesicht hing. Einer Aura wie der Tod, eisig und grauenvoll – aber auch fiebrig und erschreckend lebhaft – doch alles lag und zeigte sich zwischen den Konturen des langen, undurchdringlichen Gesichts, denn selbst als Lamm geschrien hatte, war das Gesicht reglos geblieben, als wären Kopf und Stimme einander fremd.

Dieses lange Gesicht mit seinen Schwingungen und seiner eisigen Ausstrahlung kam jetzt sehr nah an den Jungen heran, der nicht hochzublicken wagte, obwohl er wusste, dass Lamm blind war. Dann kam der Moment, da der kleine Finger an Lamms linker Hand sich vorwärtsbewegte wie eine kurze, weiße Raupe, eine Zeitlang vor der Stirn des Opfers schwebte und sich schließlich herabsenkte, wobei der Junge eine Berührung an seiner Stirn spürte, die ihm das Herz bis zum Hals schlagen ließ.

Lamms Finger schien nämlich an der Schläfe zu saugen wie der Saugnapf eines Kraken, und als der Finger über das Gesicht strich, hinterließ er vom Haaransatz bis zum Kinn eine so kalte Spur, dass sich die Stirn des Jungen vor Schmerz zusammenzog.

Und dieses Streichen genügte Lamm, um alles zu erfahren, was er wissen wollte. Mit einer einzigen Fingerbewegung hatte er entdeckt, dass vor ihm in der Dunkelheit etwas Hochwertiges stand, etwas Junges und Vornehmes; etwas Stolzes, das einem Sterblichen gehörte, der nichts Tierhaftes an sich hatte.

Die Wirkung auf das innerste Nervensystem Lamms muss wahrlich furchtbar gewesen sein, denn obwohl in der Art, wie er aufstand und sein blindes Gesicht der Dunkelheit über ihm zuwandte, keine Erregung erkennbar war, breitete sich, als er den Finger vom Kinn des Jungen löste, unter der Wolle eine Art lüsterner und feuriger Hautausschlag aus, sodass die milchweißen Locken sich zu sträuben schienen, während er darunter von Kopf bis Fuß errötete.

»Bringt ihn unverzüglich fort«, flüsterte er, »sobald er aus dem Koma erwacht und wieder satt und kräftig ist, bringt ihn zurück zu mir. Denn er ist es, auf den euer Weißer Gebieter gewartet hat. Seine Knochen schreien danach, neu geordnet zu werden: Sein Fleisch will neu geformt, sein Herz geschrumpft werden, und seine Seele soll sich an Furcht laben.«

Lamm stand immer noch. Er hob seitlich beide Arme wie ein Orakel. Seine Hände flatterten an den Enden seiner Arme wie kleine weiße Tauben.

»Bringt ihn fort. Bereitet ein Festmahl vor. Vergesst nichts. Meine Krone: das goldene Besteck. Die Giftflaschen und das Räucherwerk, die Efeukränze und die blutigen Gelenke, die Ketten, die Schale voll Nesseln, die Gewürze, die Körbe voll frischem Gras, die Totenköpfe und Rückgrate, die Rippen und Schulterblätter. Vergesst nichts, oder, bei meinen blinden Augenhöhlen, ich reiße eure Herzen heraus. Fort mit ihm …«

Ohne einen Moment zu zögern verließen Hyäne

und Bock umständlich rückwärtsgehend das von Kerzen erhellte Gewölbe, und die schweren Vorhänge schwangen schwerfällig zusammen.

Wie immer nach einem Besuch bei ihrem unheimlichen Gebieter klammerten sich die beiden Halbmenschen noch kurz aneinander, nachdem die Vorhänge zugefallen waren; der zwischen ihnen eingeklemmte Junge konnte die Gegenwart ihrer feuchten Körper kaum ertragen. Sie hatten in der entsetzlichen Aufregung ihre mörderische Fehde vergessen: Sie sollten nämlich Zeugen der Verwandlung werden. Sie brachten den Jungen gemeinsam zu Bett (falls man eine verschimmelte Couch Bett nennen kann) und fütterten ihn aus einem alten Blechnapf mit einem Brei aus Brot und Wasser. Wie sie ihn betrachteten, als er seinen Kopf zum Holzlöffel hob, wirkten sie fast liebenswert. So kindlich war ihre Konzentration.

Kurz bevor der Junge einschlief, blickte er hoch zu den beiden sonderbaren Pflegern, und da kam er blitzartig auf die Idee, dass er sie beide, falls nötig, austricksen könnte.

Dann drehte er sich um und sank in einen tiefen, traumlosen Schlaf, während Bock, der neben ihm saß, unablässig seinen staubigen Kopf kratzte und Hyäne, einen Armknochen zwischen den Zähnen, in der Dunkelheit mampfte.

Nachdem sie rund fünf Stunden lang den vom Schlaf betäubten Jungen bewacht hatten, standen die beiden Wächter auf und machten sich auf den Weg zu dem von Kerzen erhellten Gewölbe. Als Hyänes Anfrage, ob sie eintreten dürften, nicht beantwortet wurde, zogen sie die Vorhänge sachte beiseite und riskierten einen Blick. Zunächst sahen sie gar nichts. Die Rücken der Bücher, die eine der Wände bedeckten, schimmerten im hämischen Licht. Der kostbare rote Teppich wogte auf dem Boden: Doch der Hochsitz war leer. Wo war Lamm?

Dann sahen sie ihn plötzlich und erschraken, als sie ihn erkannten. Er hatte ihnen den Rücken gekehrt, und die Beleuchtung war so extravagant, dass sie ihn nur deshalb nicht gleich gesehen hatten, weil er außerhalb der Reichweite zweier Kerzenleuchter stand, was ihn so gut wie unsichtbar machte. Doch kurz darauf tat er einen kleinen Schritt nach Westen, und sie sahen seine Hände.

Und doch sahen sie seine Hände gleichzeitig nicht, denn sie bewegten sich so schnell umeinander herum, umkreisten sich, trennten sich, wanden und woben ihre zehn phantastischen Finger in so irrwitzigen Bewegungen, dass man nichts erkennen konnte außer einem schillernden Lichtschleier, der sich manchmal hob, manchmal senkte und manchmal wie ein Nebel über der Brust des Weißen Lamm schwebte. Was ging hier vor? Was machte er da? Hyäne warf seinem Begleiter einen Seitenblick zu und fand dort keine Erleuchtung. Wie hätten sie auch wissen können, dass die Gärprozesse in Lamms Gehirn so heftig waren, dass er sie ohne Hilfe seines Körpers keinen Moment länger ertragen konnte; denn es kommt eine Zeit, da das blitzartig mannigfaltige Vermutungen abarbeitende Gehirn riskiert, sich in Welten zu verirren, aus denen es keine Rückkehr gibt. Und so fliegt der Körper in seiner Weisheit nebenher, um mithilfe seiner eigenen Schnelligkeit mit den verwirrenden Windungen des Gehirns zu ringen. Genau das war es, was Hyäne und Bock beobachteten. Der geistige Aufruhr, den der Junge bei Lamm erzeugt hatte, gehörte in eben diese Kategorie, sodass die kleinen weißen Finger sich intuitiv der Lage gewachsen zeigten, als die innere Anspannung wuchs, indem sie mittels ihrer eigenen Lebhaftigkeit und Schnelligkeit den Wahnsinn in Schach hielten.

Die beiden Beobachter hinter dem Vorhang hatten von alledem nicht die geringste Ahnung, doch waren sie keinesfalls zu dumm, um zu begreifen, dass dies der falsche Moment war, ihren Gebieter zu stören. Sie wussten nicht, was er tat, aber sie wussten genug, um zu erkennen, dass es außerhalb ihrer eigenen groben Zuständigkeit lag. Also zogen sie sich so leise wie möglich zurück und machten sich auf zu den mitternächtlichen Küchen und der Waffenkammer und den Körben voll frischem Gras und allem anderen, was zum Fest gehörte – und sie begannen, obwohl sie noch viele Stunden Zeit hatten, die Goldplatte, die Krone und die Schulterblätter zu polieren.

Lamm hatte derweil die Geschwindigkeit seiner eigenen Gedanken gezähmt, seine Hände wie im Gebet gefaltet und trug nun ein schwarzes Schultertuch.

Der Junge schlief weiter … und weiter … und die

Stunden verstrichen langsam, und die Stille in den großen unterirdischen Minen verwandelte sich in eine Art Lärm – eine Art Brummen, wie von Bienen in einem hohlen Baumstamm; doch als Bock und Hyäne schließlich ihre Arbeit ruhen ließen, sich hinsetzten und den schlafenden Sterblichen anstarrten, erwachte der Junge und hörte dabei Hyäne aufstehen und eine Wolke weißen Knochenmehls ausspucken. Hyäne drehte sich um und warf seinem Verbündeten einen finsteren Blick zu, und dann streckte er ohne ersichtlichen Grund seinen langen, gefleckten Arm aus und schlug Bock heftig auf den Kopf.

Dieser Hieb, der einen Mann hätte töten können, ließ Bock lediglich heftig zittern, und um einen erneuten Angriff Hyänes abzuwehren, bleckte Bock seine Zähne zu einem gleichermaßen schmeichlerischen wie garstigen Grinsen; leider wurde dieses Lächeln jedoch bis zu einem gewissen Grad von einer Staubwolke verhüllt, die von Bocks Kopf aufstieg.

Der Junge öffnete seine Augen halb und sah sogleich Hyäne über sich.

»Warum hast du mich geschlagen, Hyäne, mein Lieber?«, sagte Bock.

»Weil ich wollte.«

»Ah …«

»Ich hasse deine schlaffen, purpurnen Lippen …«

»Ah …«

»Ich hasse deinen haarigen Bauch …«

»Verzeih, dass ich dir Unbehagen bereite, Lieber.«

»Hör zu!«

»Ja, mein Liebster.«

»Ich frag mich, was Weißes Lamm aus ihm machen wird? Na, Beulenkopf? Was wird er sein? Hä?«

»Oh, Hyäne, mein Lieber, soll ich dir *sagen*, was *ich* denke? …«

»Was?«

»Ein Hase!«

»Nein! Nein! Nein!«

»Warum nicht, mein Lieber?«

»Schweig, du Dummkopf! Einen jungen Hahn«

»Oh, nein, mein Lieber.«

»Wie kannst du es wagen zu widersprechen? Ich sagte, einen jungen Hahn!«

»Oder ein Kaninchen?«

»Nein! Nein! Nein!«

»Oder einen Tümmler? Seine Haut ist so glatt.«

»Das war deine auch, ehe die Borsten wuchsen. Er baut einen brennenden jungen Hahn aus seinen Knochen.«

»Unser Gebieter Lamm wird es wissen.«

»Unser Gebieter wird ihn zum Tier machen.«

»Dann sind wir drei.«

»Vier, du Trottel! Vier!«

»Drei.«

»Aber Lamm?«

»Er ist keiner von uns. Er ist …«

»*Er ist keiner von uns …*«

Wem gehörte die Stimme? Wem? Nicht ihnen und auch nicht Lamm! Die beiden Tiermenschen sprangen auf und sahen sich um, bis ihr Blick auf den Jungen fiel. Seine Augen waren weit aufgerissen, und im Halbdunkel schienen sie zudem aufmerksam und wachsam wie die eines Fährtenlesers zu sein. Seine Gesichtszüge blieben reglos, doch in seinem Magen brodelten unheilvolle Vorahnungen.

Seit Bock ihn zum ersten Mal angesprochen hatte, konnte er Stück für Stück ein übles, phantastisches und gottloses Bild zusammensetzen. Der grässliche Ort war von einem besonderen Grauen durchdrungen, doch nun wusste er, dass dies nur den Hintergrund für ein unbeschreibliches Verbrechen bildete. Die vereinzelten Sätze, ein Wort hier, ein Ausruf dort, hatten ihm nur allzu deutlich klar gemacht, dass er geopfert werden sollte.

Trotzdem gab es im Herzen des Jungen einen Granitsplitter. Etwas Hartnäckiges. Außerdem gab es da etwas in seinem Kopf. Ein Gehirn.

Für ein Gehirn ist es schwer, schlagfertig zu sein, wenn die Hände schwitzen und der Magen sich vor Angst und Übelkeit umdreht. Doch er wiederholte so konzentriert, dass es fast grimmig klang: »*Er ist keiner von uns.*«

Hyänes Lippen hatten sich mit einem verblüfften Knurren von den mächtigen Zähnen zurückgezogen. Der kräftige Körper schien unter dem weiten weißen Hemd zu vibrieren. Die Hände packten einander, als würden sie einen tödlichen Ringkampf austragen.

Bock schlängelte sich an seinen Kollegen heran und betrachtete den Jungen mit zitronenschalenfarbenen Augen.

»Einer von uns? Die Vorstellung ist absurd, Gentlemen. Wir kämen nie auf die Idee, diesem Bählamm zu vertrauen.«

Der Junge kroch näher an das Paar heran, hob seinen Finger vor die Lippen, bis er sie fast berührte, und begann seine Worte ganz still mit dem Mund zu formen.

»Ich habe großartige Neuigkeiten für euch«, sagte er. »Achtet genau auf meinen Mund. Ihr sollt wahrhaftig Könige sein! Denn ihr seid Persönlichkeiten, Gentlemen, eigenständige Persönlichkeiten. Ihr habt Gehirne; ihr habt Muskeln; ihr habt Talent; und was noch wichtiger ist, ihr habt den Willen, um etwas zu erlangen …«

»Um was zu erlangen?«, sagte Hyäne, der eine Kniescheibe ausspuckte, sodass sie wie eine Münze in die Düsternis flog.

»Den Willen, eure Freiheit zu erlangen. Die Freiheit, Könige zu sein …«, sagte der Junge. »Ah, es kommt euch gut zustatten, Gentlemen.«

»Was denn?«, fragte Bock.

»Na, eure Schönheit natürlich.«

Die beiden Tiere schwiegen lange und musterten dabei den Jungen eingehend, ein übles Licht in ihren Augen.

Der Junge stand auf.

»Ja, Ihr seid wunderschön«, wiederholte er. »Schaut Euch Eure Arme an: gescheckt und lang wie Ruder. Betrachtet Euren schrägen Rücken. Er gleicht einem aufkommenden Sturm. Seht Eure rasierten Kiefer, stark wie der Tod – und Eure lange Schnauze – oh, Gentlemen, ist das alles nicht verführerisch? Betrachtet Euer schäumendes Hemd und Eure mitternächtliche Mähne. Seht …«

»Was ist mit *mir*?«, sagte Bock. »Wie gefallen dir meine gelben Augen?«

»Zum Teufel mit deinen verflixten gelben Augen«, formte Hyäne wütend mit den Lippen und wandte sich an den Jungen. »Was hast du da über ›Könige‹ gesagt?«

»Eins nach dem anderen«, sagte der Junge. »Ihr braucht Geduld. Dies ist ein Tag der Hoffnung und der wilden Vergeltung. Unterbrecht mich nicht. Ich bin ein Bote von einer anderen Welt. Ich bringe euch goldene Worte.«

»Hört!«, sagte der Junge. »Wo ich herkomme, gibt es keine Angst mehr. Doch da gibt es ein Brüllen und ein Donnern und ein Knochenknacken. Und zuweilen herrscht Stille, wenn ihr auf euren Thronsesseln lümmelt und eure Sklaven euch bewundern.«

Hyäne und Bock warfen einen Blick über die Schulter auf den geschlossenen Vorhang, hinter dem Lamms Gemach lag. Offensichtlich waren sie verlegen. Aber sie waren auch aufgeregt und sabberten, obwohl sie nicht wussten, was der Junge meinte.

»Welch ein Ort zum Leben!«, sagte der Junge. »Dies ist ein Ort für Würmer, nicht für Menschensöhne. Doch selbst Würmer, Fledermäuse und Spinnen meiden ihn. Denn es ist ein Heim für Katzbuckler, Sklaven und Speichellecker. Tauscht es gegen etwas Freies, etwas Prächtiges, etwas, wo Ihr, Sir«, er wandte sich an Bock, »Euer Haupt in weichem, weißem Staub vergraben könnt und wo Ihr«, er wandte sich an Hyäne, »Euch eine Keule schnitzen und sie auch verwenden könnt. Und ah! die Markknochen für Eure wilden Kiefer – das endlose Mark! Und ich bin gekommen, euch abzuholen.«

Die beiden erregten Geschöpfe blickten erneut über ihre Schultern, wo Lamm hinter dem Vorhang wie eine weiße Statue saß, abgesehen vom matten Schleier über seinen Augen.

Doch die Gewohnheiten vieler Jahre lassen sich nicht einfach abstreifen, und erst als der Junge genauer schilderte, wo er sie hinführen wollte und wo sie leben würden, wie ihre goldenen Throne geformt sein würden und wie viele Sklaven und hundert andere Dinge ihnen zustünden, wagten sie, Lamm zu erwähnen; und dann auch nur deshalb, weil der Junge, den sie nicht kannten, sie dazu gebracht hatte, ihre Furcht einzugestehen. Er hatte ihnen keine Minute Ruhe gegönnt, sondern ihren Verstand von einer Verlautbarung zur nächsten Verlautbarung und von einer Frage zur anderen Frage gehetzt, bis er, ohne sie allzu sehr mit seiner Redekunst zu beeindrucken, in ihnen das Geschwür der Revolution weckte – denn Lamm hatte beiden immer wieder großen Schrecken eingejagt, und nur die Angst hielt sie im Zaum.

»Gentlemen«, sagte der Junge. »Ihr könnt mir helfen, und ich helfe euch. Ich kann euch Macht im Licht der Sonne verleihen. Ich kann euch Wüsten und grüne Wiesen schenken. Ich kann euch zurückgeben, was einst euch gehörte, bevor er an eurem Geburtsrecht herumpfuschte. Und nun zu dem, was ihr mir geben könnt. Soll ich es euch sagen?«

Hyäne trat an den Jungen heran, sein schräger Rücken furchterregender denn je. Als er sehr nahe herangekommen war, hielt er seinen langen, rasierten Schädel direkt vors Gesicht des Jungen, der sein Spiegelbild im linken Auge des Tiers erkennen konnte, wobei er sich selbst vor Furcht zittern sah.

»Was können wir dir geben?«, formte Hyäne mit den Lippen – und dann, schnell wie ein Echo – »Was ist es, mein Lieber?«, sagte Bock. »Sag es deinen …«

Er sprach den Satz nie zu Ende, denn die Luft füllte sich mit Lamms Stimme, und als alle drei Zuhörer sich zu den Vorhängen umdrehten, sahen sie diese sich öffnen und etwas zwischen ihnen hervortrotten – etwas unnatürlich Weißes.

Das lange Blöken ließ die Borsten am Rücken und an den Armen Hyänes senkrecht abstehen, und Bock erstarrte an Ort und Stelle. Der vorgeblich unschuldige Ton enthielt eine Botschaft – etwas, das für den Jungen keine Bedeutung hatte, denn er kannte den Schmerz nicht, der unweigerlich darauf folgte. Für Bock und Hyäne lag die Sache freilich anders. Sie erinnerten sich. Sie verstanden.

Eines verstand der Junge dennoch; ihm wurde klar, dass die beiden vom Schleim äußerster Furcht erfüllten Tiere keinerlei Nutzen für ihn hatten, so wie sie auch für ihren Gebieter nutzlos waren.

Der Junge konnte nicht wissen, dass der Zorn im Herzen des Blökens von dem leeren Tisch provoziert worden war. Wo war das Festmahl? Das Festmahl, bei dem Lamm gehofft hatte, mit der Unterwerfung des vollkommen menschlichen Jünglings zu beginnen. Wo waren seine abscheulichen Handlanger?

Als er, Lamm, hoch erhobenen Hauptes durch den

Vorhang trat, wobei sein Leib wie Frost funkelte, lauschte er gleichzeitig mit gespitzten Ohren, schnupperte mit geweiteten Nüstern und nahm sogleich Hyänes Geruch wahr.

Flink und leichtfüßig wie ein Tänzer stürzte Weißes Lamm sich auf sie.

Für den Jungen hieß es, jetzt oder nie. Ohne lang zu überlegen, zog er die Schuhe aus und glitt geräuschlos in die angrenzende Düsternis; um dies zu bewerkstelligen, musste er sich an Hyäne vorbeizwängen, und als er dies tat, sah er das Messer der Kreatur, ein langes, dünnes, tödliches Yard aus Stahl, und er zog es aus dem Gürtel des Tiers, und das dabei entstehende Geräusch sorgte dafür, dass Weißes Lamm seine blinden Augen auf ihn richtete.

Obwohl der Junge auf Zehenspitzen, außer Sicht und nicht einmal in Blickrichtung des verschleierten Auges schlich, folgte Lamm jeder seiner Bewegungen mit erschreckender Präzision. Dann wandte er plötzlich seinen langen Wollkopf ab, folgte kurz darauf dem Pfad seines blinden Blicks und umkreiste die beiden Tiermenschen mit großspurigen Schritten; gleichzeitig brachen die beiden Geschöpfe jämmerlich zusammen. Sie waren bereits Spottbilder von Lebewesen, nun aber wurden sie nur noch Überreste jener Spottbilder.

Denn als Lamm um sie herumtrippelte, unterwarfen sie sich seinem übermächtigen Willen, ihre Augen sehnten die Vernichtung herbei.

»Wenn ich dich küsse«, sagte Lamm mit der lieblichsten Stimme auf Erden, »wirst du nicht sterben. Der Tod ist zu sanft; der Tod ist zu beneidenswert; der

Tod ist zu gnädig. Ich werde dir Schmerzen zufügen. Denn du hast zu dem Jungen gesprochen – und er gehörte mir seit dem ersten Wort. Du hast ihn berührt, und er gehörte mir seit der ersten Berührung. Du hast über mich gesprochen; und dies in Hörweite des Jungen, und das ist Verrat. Du hast das Festmahl nicht vorbereitet. Deswegen werde ich dir wehtun. Komm und lass dich küssen, auf dass der Schmerz beginne. Komm zu mir … komm.«

Beim Anblick der beiden Geschöpfe, die ihre niedergestreckten Leiber über den Boden schleppten, wurde dem Jungen seelisch und körperlich übel, und er schlich mit erhobenem Schwert Zoll um Zoll auf Lamm zu.

Er war nicht weiter als wenige Fuß herangekommen, da beendete Lamm das Weben, drehte seinen Kopf zur Seite und nahm eine äußerst konzentrierte Haltung an. Der Junge, der den Atem anhielt, hörte nichts in der dumpfen Stille, doch Lamm hörte ihre Herzen schlagen. Nun lenkte Lamm sein gesamtes Empfindungsvermögen in die Richtung des Klopfens eines der Herzen, dem Herz des Jungen.

»Bilde dir nicht ein, du könntest irgendetwas *tun*«, ertönte die Stimme, wie Glöckchengeklingel, »denn du verlierst bereits deine Kraft … dein Wesen treibt dir davon … du wirst mir gehören.«

»Nein!«, rief der Junge. »Nein! Nein! Du klingelnder Teufel!«

»Dein Geschrei hilft dir gar nichts«, sagte Lamm. »Mein Reich ist hohl und leer, also lass das Geschrei. Schau dir stattdessen deinen Arm an.«

Als der Junge den Blick von dem blendenden Dämon abwandte, schrie er, denn er sah nicht nur, wie seine Finger sich unnatürlich krümmten, sondern auch dass sein Arm hin und her schwang, als hätte er nichts mit ihm oder seinem Körper zu tun.

Er versuchte, die Hand zu heben, doch nichts geschah, außer dass er einen bestimmten Ton in seiner eigenen Stimme nicht wiedererkannte, als er vor Schreck aufschrie.

Als die blinden Augen sich auf ihn konzentrierten, fühlte es sich an wie eine gewaltige Bürde. Er wollte zurückweichen, doch seine Beine gehorchten ihm nicht. Dennoch blieb sein Kopf frei und klar, und er wusste, dass er nur eines tun konnte: den Bann des prüfenden Blicks durch irgendein unerwartetes Ereignis brechen, und als ihm dies blitzartig einfiel, bückte er sich ganz leise und legte das Schwert auf den Steinboden. Dann suchte er mit der rechten Hand in seiner Tasche nach einer Münze oder einem Schlüssel. Zum Glück fand er einige Münzen, nahm ein paar und schleuderte sie hoch in die Luft. Bevor sie hinter Lamm zu Boden fielen, hatte der Junge das Schwert mit seiner gesunden Hand wieder an sich gerissen.

Die Münzen prasselten mit einem plötzlichen Klimpern *direkt* hinter Lamm auf den Boden, und für den winzigsten Bruchteil einer Sekunde brach der Bann des durchdringenden Blicks des Tyrannen und eine mörderische Last von Unterdrückung verflüchtigte sich.

Dies war der einzige Moment: der Moment, in dem alles getan werden musste, ehe das Böse wieder die

Oberhand gewann. Nachdem die Last verschwunden war, löste sich einen Augenblick lang die Lähmung in seinen Beinen, sein willenloser linker Arm zitterte nicht mehr, sodass der Junge nach vorn springen konnte, ohne das Gefühl zu haben, zurückgehalten zu werden. Tatsächlich schien die Luft sich vor ihm zu öffnen, als er mit erhobenem Schwert lossprang. Er ließ es auf Lamms Schädel niedersausen, sodass dieser in zwei Hälften gespalten wurde, die zu beiden Seiten herabfielen. Da war kein Blut und auch nichts, was wie ein Gehirn aussah.

Der Junge schlug nun auf den wolligen Leib und die Arme ein: doch genau wie bei dem Kopf völlige Leere, keinerlei Knochen und Organe. Überall lag Wolle in blendendweißen Locken.

Der Junge sank auf die Knie, inmitten der verstreuten Überreste des weißen Geschöpfs, als hätte er ein Schaf geschoren statt es zu schlachten.

Aus der tiefen Dunkelheit, wo Hyäne und Bock unterwürfig vor ihrem Gebieter gekauert hatten, traten zwei uralte Männer hervor. Einer hatte einen schiefen Rücken, der andere schlurfte seitwärts. Sie sprachen nicht miteinander: Sie sprachen nicht mit dem Jungen, und er nicht mit ihnen. Sie schritten voran über kalte Galerien; durch Torbögen und die Schachtgänge hinauf, bis sie, im Freien angekommen, wortlos auseinandergingen.

Der Junge fand lange keinen Weg, wanderte wie im Traum umher und kam zufällig an die Ufer eines breiten Flusses, wo ihn unzählige Hunde erwarteten. Er stieg in ein kleines Boot, und die schwimmende

Meute schob es über das Wasser, und als das Boot am anderen Ufer auf Grund stieß, war die Erinnerung an sein Abenteuer verblasst.

Nicht lange danach fand ihn ein Suchtrupp einsam und müde in einem baufälligen Hof und trug ihn zurück in sein uraltes Heim.

Leseprobe aus

MERVYN PEAKE

GORMENGHAST

Band I

DER JUNGE TITUS

Klett-Cotta

1. KAPITEL
Die Halle der Edlen Schnitzwerke

Gormenghast – oder genauer: Der größte Teil des alten Mauerwerks – hätte, für sich gesehen, eine bestimmte, eindrucksvolle Bauweise repräsentiert, wäre es nur möglich gewesen, jene umliegenden schäbigen Behausungen zu ignorieren, die sich wie eine krankhafte Wucherung um die Außenmauern legten. Sie breiteten sich über den Hang aus, eine jede halb über dem Nachbargebäude aufragend, bis die oberen Hütten, aufgehalten durch die Befestigungen der Burg, wie Napfschnecken am Felsen klebten. Aufgrund eines alten Gesetzes war diesen armseligen Behausungen die fröstelnde Nähe der über ihnen drohenden Festung gewährt. Zu allen Jahreszeiten fielen über die unregelmäßigen Dächer die Schatten der von der Zeit angenagten Zinnen, der zerfallenen und der hochaufragenden Türmchen und, am gewaltigsten, der Schatten des Pulverturms. Dieser Turm, ungleichmäßig mit Efeu bewachsen, erhob sich wie ein verstümmelter Finger aus einer Faust von knöchelartigem Mauerwerk und wies blasphemisch gen Himmel. Des Nachts verwandelten ihn die Eulen in einen hallenden Schlund; tagsüber ragte er stumm auf und warf seinen langen Schatten.

Zwischen den Bewohnern jener äußeren Hütten und denen, die innerhalb der Mauern lebten, gab es kaum Umgang, außer wenn am ersten Junimorgen eines jeden Jahres sämtliche Bewohner der Lehmhütten Erlaubnis erhielten, den Besitz zu betreten und die Holzschnitzereien vorzustellen, an denen sie das ganze Jahr gearbeitet hatten. Diese Schnitzwerke, mit sonderbaren Farben bemalt, stellten gewöhnlich Tiere oder Menschen dar und waren in höchst einzigartiger Weise gestaltet. Der Wettbewerb um die besten Werke eines Jahres war hart und erbittert. Wenn die Tage der Liebe verronnen waren, galt die einzige Leidenschaft der dort lebenden Menschen der Herstellung jener Holzskulpturen, und in dem Durcheinander von Hütten am Fuß der Außenmauer lebten ein paar begabte Kunsthandwerker, deren Stellung als beste Schnitzer ihnen den Ehrenplatz unter den Schatten vergönnte.

An einer Stelle innerhalb der Großen Mauer, ein paar Fuß über dem Erdboden, bildeten die gewaltigen Quader, aus denen die Mauer erbaut war, einen riesigen Vorsprung, der sich von Ost nach West etwa zwei- bis dreihundert Fuß entlangzog. Diese vorspringenden Steine waren weiß bemalt, und auf eben diesem Mauervorsprung wurden am ersten Junimorgen eines jeden Jahres die Schnitzwerke aufgestellt, um vom Grafen Groan beurteilt zu werden. Die Werke, die man für die vollendetsten hielt – und das waren niemals mehr als drei –, wurden daraufhin in der Halle der Edlen Schnitzwerke aufgestellt.

Jene lebensvollen Objekte standen also reglos dort den ganzen Tag über, warfen an die dahinterliegende Mauer ihre phantastischen Schatten, die sich mit dem Sonnenlauf Stunde für Stunde bewegten und verlängerten, und strahlten trotz ihrer bunten Farben Düsternis aus. Die Luft zwischen ihnen war aufgeladen mit Verachtung und Hass. Die Künstler standen wie

Bettler umher, um sich die schweigenden Familien geschart. Alle wirkten sie grob und frühzeitig gealtert. Jeglicher strahlende Glanz war verschwunden.

Die Schnitzwerke, die nicht erwählt worden waren, wurden noch am gleichen Abend im Hof unter dem Westbalkon des Grafen Groan verbrannt, und es herrschte der Brauch, dass der Graf während der Verbrennung dort stand und den Kopf wie im Schmerz gesenkt hielt; wenn dann von innen der Gong dreimal ertönte, wurden die drei von den Flammen verschonten Skulpturen hinaus ins Mondlicht getragen. Man stellte sie auf die Balustrade des Balkons, wo die unten versammelte Menge sie deutlich sehen konnte, woraufhin Graf Groan ihre Schöpfer aufrief. Nachdem sich diese sogleich unter ihm aufgestellt hatten, warf der Graf die traditionellen Pergamentrollen hinab, die, wie ihr Inhalt besagte, den Künstlern die Erlaubnis gaben, den Wehrgang über ihren Behausungen bei Vollmond eines jeden zweiten Monats zu betreten. In diesen festgelegten Nächten konnte ein Beobachter aus einem Fenster der Südfassade jene mondbeschienenen Gestalten betrachten, denen ihre Kunstfertigkeit diese so ersehnte Ehre verschafft hatte, wie sie auf der Festungsmauer auf- und abgingen.

Abgesehen von dieser Ausnahme am Tag der Schnitzwerke und der Freizügigkeit, die man den Hervorragendsten gewährte, gab es für diejenigen innerhalb der Mauern keine Gelegenheit, das Volk draußen kennenzulernen, noch waren die in den Schatten der Mauern Hausenden von irgendwelchem Interesse für die Welt dahinter.

Es war ein nahezu vergessenes Volk: ein Stamm, an den man sich mit Erstaunen erinnerte oder mit dem unwirklichen Gefühl eines wieder aufflackernden Traumes. Nur der Tag der Schnitzwerke brachte es ans Sonnenlicht und ließ die Erinnerung an frühere Zeiten wieder aufleben. Denn soweit sich selbst Nettel, der Achtzigjährige aus dem Turm oberhalb der vor sich hinrostenden Waffenkammer, erinnern konnte, hatte man diese Zeremonie immer schon abgehalten. Unzählige Holzskulpturen waren dem Gesetz getreu zu Asche vergangen, doch die ausgewählten standen immer noch in der Halle der Edlen Schnitzwerke.

Diese Halle im Obergeschoss des Nordflügels unterstand dem Kurator Rottcodd, der den Großteil seines Lebens in einer Hängematte am Ende der Halle verbrachte, da niemals irgendjemand diesen Raum aufsuchte. Wenn er auch ständig vor sich hindöste, soll er doch den Staubwedel nie aus den Händen gegeben haben, den Staubwedel, mit dem er die eine der beiden notwendig erscheinenden regelmäßigen Aufgaben in jener langen und stillen Halle vollzog, nämlich die Edlen Schnitzwerke vom Staub zu befreien.

Als Kunstgegenstände interessierten ihn die Arbeiten wenig, und dennoch hatte er gegenüber einigen der Schnitzwerke eine Art verwandtschaftlichen Gefühls entwickelt. Er arbeitete mehr als sorgfältig, wenn er das Smaragdpferd abstaubte. Auch dem schwarzolivfarbenen Kopf gegenüber und dem Gescheckten Hai widmete er seine besondere Aufmerksamkeit. Was aber nicht bedeutete, dass sich vielleicht sonst irgendwo Staub niederlassen durfte.

Rottcodd betrat die Halle, jahraus, jahrein, winters und sommers, um sieben Uhr, schlüpfte aus seinem Jackett und zog sich einen langen grauen Kittel über, der formlos bis auf die Knöchel niederfiel. Es war seine Gewohnheit, den Staubwedel aus Federn fest unter den Arm geklemmt, einen scharfen Blick über den Rand seiner Brille die Halle entlang zu werfen. Rottcodds Schädel war dunkel und klein, wie eine verwitterte Musketenkugel, und die Augen hinter den blitzenden Gläsern zwei verkleinerte Versionen des Kopfes. Alle drei befanden sich ständig in Bewegung, als wollten sie die schlafend verbrachte Zeit wettmachen. Der Kopf wackelte mechanisch von einer Seite auf die andere, wenn Rottcodd ging, und die Augen spähten hierhin und dorthin und überallhin, wenn auch auf nichts Bestimmtes, als erhielten sie ihre Anweisungen von der Mutterkugel, in der sie saßen. Nachdem er beim Eintritt rasch über den Brillenrand geblickt und, nach dem Überstreifen des Kittels, das Gleiche den gesamten Nordflügel entlang wiederholt hatte, befreite Rottcodd gewöhnlich seine linke Achselhöhle von dem Staubwedel und ging ohne weiteres Unterfangen auf die erste Skulptur rechter Hand zu. Die Halle, im obersten Stockwerk des Nordflügels gelegen, war eigentlich keine richtige Halle, eher eine Art Dachboden. Das einzige Fenster lag am entgegengesetzten Ende, gegenüber der Tür, durch die Rottcodd, aus dem höher liegenden Teil des Gebäudes kommend, trat. Es ließ nur wenig Licht ein. Die Läden waren fast ständig geschlossen. Tag und Nacht wurde die Halle der Edlen Schnitzwerke durch sieben

Kandelaber beleuchtet, die im Abstand von neun Fuß von der Decke hingen. Niemals durften die Kerzen ausgehen oder auch nur herabbrennen, und Rottcodd sah selbst nach ihnen, ehe er sich um neun Uhr abends zurückzog.

In einem kleinen, dunklen Vorraum der Halle befand sich ein Vorrat an weißen Wachskerzen. Ebenfalls dort warteten Rottcodds Kittel, ein riesiges, vor Staub weißes Gästebuch und eine Trittleiter auf ihren Gebrauch. Es gab ansonsten weder Tische noch Stühle, keinerlei Möbel außer der Hängematte an der Fensterwand, in der Rottcodd schlief. Der Dielenboden war mit weißem Staub bedeckt, welcher, nachdem er so fleißig von den Skulpturen entfernt worden war, keinen anderen Platz fand und sich tief und aschegleich besonders in den vier Ecken aufhäufte.

Wenn Rottcodd die erste Skulptur zur Rechten abgestaubt hatte, bewegte er sich mechanisch an der langen bunten Phalanx entlang, blieb vor jeder Statue einen Moment stehen, wobei seine Augen an ihr auf- und abglitten und sein Kopf wissend hin- und herwackelte, ehe er den Staubwedel ansetzte. Rottcodd war unverheiratet. Wenn man ihm zum ersten Mal begegnete, wirkte er entrückt und sogar nervös, und die Damen empfanden ihm gegenüber ein gewisses Entsetzen. Er war also wunschlos zufrieden damit, so allein Tag und Nacht auf dem riesigen Dachboden zu leben. Doch zuweilen tauchte unerwartet aus dem einen oder anderen Grund ein Diener oder ein anderes Mitglied des Haushalts auf, um ihn mit einer dem Ritual entsprechenden Frage zu erstaunen – und darauf senkte sich wieder Staub auf die Halle und auf Rottcodds Seele.

Wie sahen seine Träume aus, wenn er in der Hängematte lag und den dunklen Kopf in die Armbeuge gesteckt hatte? Wovon träumte er wohl, Stunde um Stunde, Jahr um Jahr? Es fällt schwer, zu glauben, irgendwelche großartigen Gedanken suchten seinen Kopf heim, noch – trotz der Skulpturen, deren farbenprächtige Reihen sich in schmaler werdender Perspektive über den Gang erhoben wie ein Bogengang für einen Herrscher – dass Rottcodd irgendeinen Versuch unternahm, sich aus seiner Isolierung zu befreien, sondern eher diese Einsamkeit um ihrer selbst willen genoss, jedoch ständig in Furcht vor einem Eindringling lebte.

An einem schwülen Nachmittag kam wirklich ein Besucher und störte Rottcodd, als er gerade tief in seiner Hängematte lag, denn seine Siesta wurde abrupt durch ein Rütteln an der Türklinke unterbrochen, welches offensichtlich anstelle der üblicheren Praxis des Klopfens an das Holz vollzogen wurde. Das Geräusch warf ein Echo durch den langgestreckten Raum und setzte sich daraufhin in den feinen Staub auf den Dielen. Sonnenlicht zwängte sich durch die dünnen Risse der Fensterläden. Selbst an einem heißen, stickigen, ungesunden Nachmittag wie diesem waren die Läden geschlossen, und Kerzenlicht beleuchtete den Raum mit ungleichmäßigen hellen Strahlen. Als das Rütteln an der Klinke ertönte, richtete sich Rottcodd abrupt auf. Die dünnen Streifen gedämpften Lichtes bemalten seinen Kopf mit der Helligkeit der Außenwelt. Als er sich von der Hängematte herabließ, tanzte es um seine Schultern; die Augen flogen an der Tür auf und ab und kehrten nach diesen raschen, zuckenden Abschweifungen wieder und wieder zu der aufgeregten Türklinke zurück. Rottcodd umklammerte den Staubwedel fest mit der rechten Hand und begann, die helle Prachtstraße hinabzuschreiten. Dabei wirbelten seine Füße mit jedem Schritt eine kleine Staubwolke auf. Als er schließlich bei der Tür ankam, hatte die Klinke aufgehört, sich zu bewegen. Er ließ sich unvermittelt auf die Knie fallen, legte das rechte Auge an das Schlüsselloch, und indem er den hin- und herpendelnden Kopf sowie das wandernde linke Auge zu kontrollieren suchte (welches sich ständig bemühte, an der senkrechten Oberfläche der Tür auf- und abzugleiten), konnte er nach gehöriger Konzentration in sechs Zentimeter Entfernung seines Schlüssellochauges ein Auge erkennen, das nicht das seine war, nicht nur eine andere Farbe als sein Eisenmarmor besaß, sondern auch, was überzeugender war, sich auf der anderen Seite der Tür befand. Dieses dritte Auge, welches sich ebenso verhielt wie das eine Rottcodds, gehörte Flay, dem schweigsamen Diener Sepulchraves, Graf von Gormenghast. Es galt als absolute Seltenheit, dass Flay sich vier Zimmer in der Horizontalen oder gar ein Stockwerk von Seiner Lordschaft entfernte. Gänzlich fern der Seite seines Herrn zu sein war unnormal, doch hier war offensichtlich an diesem schwülen Sommernachmittag ein Auge Flays vor dem Schlüsselloch der Tür zur Halle der Edlen Schnitzwerke, und vermutlich steckte auch der Rest Flays dahinter. Als sich beide Augen gegenseitig erkannten, zogen sie sich gleichzeitig zurück, und wieder rasselte der Messingknopf der Tür unter der Hand des Besuchers. Rottcodd drehte den Schlüssel und öffnete langsam die Tür.

Flay schien den gesamten Türrahmen auszufüllen, als er derart sichtbar wurde, und er betrachtete mit recht ausdrucksloser Miene den kleineren Mann vor sich. Es sah nicht so aus, als ob ein so knöchernes Gesicht wie das seine eine normale menschliche Äußerung von sich geben könnte, sondern, anstelle von Lauten, eher etwas Brüchigeres, Älteres, Trockeneres, vielleicht wie Splitter oder Teilchen eines Steins. Dennoch öffneten sich die ausgedörrten Lippen. »Ich bin's«, sagte er und tat einen Schritt in den Raum. Dabei knackten seine Kniegelenke. Sein Gang durch die Halle – wie auch sein Gang durchs Leben – wurde von diesen Knacklauten, einem pro Schritt, begleitet, welche ähnlich dem Knacken dürrer Zweige klangen.

Rottcodd, der sah, dass es sich in der Tat um Flay handelte, bedeutete ihm mit einer irritierten Handbewegung, näherzutreten, und schloss hinter ihm die Tür.

Flay war nie ein flüssiger und gewandter Unterhalter gewesen, und so starrte er eine Weile freudlos vor sich hin, und dann, nach – wie es Rottcodd schien – einer Ewigkeit, hob er eine knochige Hand und kratzte sich hinter dem Ohr. Daraufhin gab er eine zweite Bemerkung von sich. »Immer noch hier, eh?«, fragte er, wobei sich die Stimme ihren Weg aus dem Gesicht kämpfte.

Rottcodd, vermutlich der Meinung, auf eine solche

Frage bedürfe es kaum einer Antwort, zuckte die Achseln und ließ die Augen an der Decke umherschweifen.

Flay riss sich zusammen und fuhr fort: »Ich sagte: Immer noch hier, eh?« Bitter starrte er das Smaragdpferd an. »Immer noch da, eh, Rottcodd?«

»Ich bin immer hier«, erwiderte Rottcodd, senkte die blitzenden Brillengläser und ließ die Augen über Flays Gesicht gleiten. »Tagaus, tagein. Immer. Sehr heiß heute. Ungewöhnlich schwül. Wollten Sie irgendetwas?«

»Nichts«, entgegnete Flay und blickte Rottcodd mit leicht bedrohlich wirkender Miene an. »Ich will nichts.« Er wischte sich die Handflächen an den Hüften ab, wo das schwarze Tuch wie Seide glänzte.

Rottcodd schnippte mit dem Staubwedel Asche von seinem Schuh und neigte den Kugelkopf. »Ah«, meinte er unverbindlich.

»Sie sagen ›Ah‹«, meinte Flay, drehte Rottcodd den Rücken zu und begann, die farbenprächtige Galerie hinabzuwandern. »Aber ich sage Ihnen, es ist mehr als nur ›ah‹.«

»Natürlich«, erwiderte Rottcodd. »Viel mehr, möchte ich meinen. Aber ich vermag es nicht zu begreifen. Ich bin Kurator.« Dabei reckte er sich zu voller Größe und stand auf den Zehenspitzen im Staub.

»Was?«, fragte Flay und schwankte über ihm, denn er war wieder zurückgekehrt. »Ein Kurator?«

»Das ist richtig«, sagte Rottcodd und wackelte mit dem Kopf.

Flay schnaubte trocken. Rottcodd hielt dies für ein

Zeichen absoluter Verständnislosigkeit, und es ärgerte ihn, dass dieser Mann sein Reich betreten hatte.

»Kurator«, sagte Flay nach einem ungemütlichen Schweigen. »Ich werde Ihnen etwas erzählen. Ich weiß etwas, eh?«

»Nun?«, fragte Rottcodd.

»Ich sag es Ihnen«, begann Flay. »Aber zuerst: Welchen Tag haben wir? Welchen Monat und welches Jahr? Antworten Sie!«

Rottcodd erstaunte diese Frage, aber er wurde langsam neugierig. Es war zu offensichtlich, dass dieser knochige Mann irgendetwas vorhatte, und er antwortete: »Es ist der achte Tag im achten Monat. Über das Jahr bin ich mir etwas unsicher. Aber warum?«

Mit fast unhörbarer Stimme wiederholte Flay: »Der achte Tag im achten Monat.« Seine Augen wirkten fast durchsichtig; und es war, wie wenn man in einem Land mit hässlichen Hügeln plötzlich zwischen den harten Felsen zwei den Himmel widerspiegelnde Seen findet. »Kommen Sie«, sagte er. »Kommen Sie näher, Rottcodd. Ich werde es Ihnen erzählen. Sie verstehen Gormenghast nicht – was in Gormenghast geschieht – die Dinge, die vor sich gehen – nein, nein. Unter Ihnen, da spielt es sich ab, unter diesem Nordflügel. Was bedeuten diese Dinge hier oben? Diese hölzernen Gegenstände? Zu nichts mehr nütze. Aufbewahren, ja. Aber zu nichts mehr nütze. Alles in Bewegung. Das Schloss ist in Bewegung.